しっぽ食堂の土鍋ごはん

明日の歌とふるさとポタージュ

高橋由太

ポプラ文庫

Contents

第一話

ふるさとポタージュ

Episode 1

49回。

悠木紬《ゆうきつむぎ》が、一週間前――二十二歳の誕生日に投稿したＹｏｕＴｕｂｅ動画の再生回数である。

一人暮らしのアパートでスマホをチェックすると、まったくと言っていいほど伸びていなかった。他の動画も似たようなものだった。ほとんどの動画の再生回数は50回以下だ。

「うら若き乙女が歌ってるのに」

独り言を呟いてはみたものの、二十二歳は売りになるほど若くはない。それくらいはわかっている。小学生や中学生のＹｏｕＴｕｂｅｒがいるのだから。

まあ個人の趣味なら、再生回数はこんなものなのかもしれない。再生回数一桁の動画だって世間には、いくらでも存在している。

でも趣味でやっているわけではなかった。紬はいわゆる芸能人だ。かっこよく言えば、シンガーソングライター――歌を作詞・作曲し、自分で歌う職業をやっている。

昔ながらの言い方で自己紹介するなら、売れない歌手である。自慢じゃないけど、かなり売れていない。49回という再生回数が如実に物語っているだろう。

「どうして、こうなったんだろう……」

ふたたび呟いてみたが、この台詞は見栄を張っている。最初からこんなものだ。売れた経験なんてなかった。二十歳のころにデビューしてから、ずっと低空飛行が続いている。そもそも離陸したことがあるのか疑わしいレベルだった。

一歩間違えると「自称芸能人」だが、吹けば飛ぶような弱小芸能事務所に所属している。千葉県君津市《ちばけんきみつし》の小糸川《こいとがわ》沿いにあって、築四十年の木造建築の民家に小さなプレートが貼られているだけの事務所だ。

ときどき近所の野良猫が、事務所の庭に昼寝にやって来る。とにかく静かで、もっと言えば寂れていた。

紬自身は千葉県木更津市《きさらづし》と君津市の境目あたりに住んでいて、地方局のカラオケ番組の準レギュラーを一本だけやらせてもらっている。他人様のヒット曲や話題の曲を歌うのが仕事だ。その番組で自分の歌を歌ったことはない。それ以前の問題として、アーティストのはずなのに、番組では「歌うま芸人」と紹介されている。

いつから芸人になったのか、自分でもわからない。すべては所属している事務所の方針である。社長がそう決めて、カラオケ番組に紬を売り込んだのだった。

不本意だが、仕方のない面もあった。紬には、歌手としての実績がなかった。C

Dを出したことがなく、キー局のテレビ番組に呼ばれたこともない。地方局だってこのカラオケ番組をのぞけば、ほとんど出たことがなかった。

「もうCDとかテレビの時代じゃないけどね」

明らかな負け惜しみである。紬自身、CDを買ったことがないのに、自分の歌がCDにならないことを気にしていた。キー局のテレビ番組に呼ばれたくて仕方ない。テレビで自分の歌を歌いたかった。

言っておくと、YouTubeなどに動画を投稿するのは嫌いではない。しかし誤解されるのは嫌いだ。

「でも、YouTubeって儲かるんでしょ」

何度か言われたことがある。歌うま芸人として出ている番組でも言われた。実際、YouTubeをはじめとするSNS系のコンテンツが伸びて、旧来のメディア――テレビやラジオに出なくても有名になれる時代だ。

SNSに歌をアップして大金を稼いでいる者もいる。ジャスティン・ビーバーは、YouTubeに投稿した動画がきっかけで世界的な大スターになった。

だが誰も彼もが成功するわけではない。成功者の陰には、たくさんの――とんでもなくたくさんの失敗者がいる。紬も、その失敗者の一人なのかもしれない。現時点では、間違いなく失敗している側だ。

デビュー以来、YouTubeをやっているが、フォロワー数が少なく、100

人といなかった。

最近では、その１００人も実在するのか疑わしく思えていた。何しろ再生回数が伸びなすぎる。一人一回も再生していない計算になる。投稿した動画すべてが、二桁の再生回数だった。

そう思うと、一週間前に投稿した動画は成功の部類である。まじまじと再生回数を見つめ、また呟く。

「49回か……。人の噂もそれくらいだったっけ」

いや、人の噂は七十五日である。四十九日は、故人の命日から数えて四十九日目に行う法要のことだ。

「まずは、人の噂を目指すか」

再生回数75回。

「クリアできない数字じゃないよね」

自分の言葉に情けなくなって、ため息が出た。もう考えるのはやめよう。気が滅入る。暗い気持ちになってくる。

それなのに、過疎化が進んだ限界集落みたいになっている自分のＹｏｕＴｕｂｅを見るのを止められない。もう何度も読んでいる動画についたコメントを、ふたたび読み返す。

無駄に前向きな歌ばかり。
中学生が好きそうな歌ですね。
同じような歌ばかりで飽きました。
つまんね。

散々な言われようだった。こんな否定的なコメントが並んでいると知っていて読み返すのだから、自傷行為だ。

悪口を書かれようと、再生回数が伸びれば我慢できる。でも伸びない。自分の他にYouTubeを再生している人間がいるのかも疑わしいほどだ。

故郷である埼玉県秩父市《さいたまけんちちぶし》のことや、お母さんが作った深谷《ふかや》ねぎのポタージュが大好きだということまでYouTubeで話してみたが、手応えはゼロだった。プライベートを切り売りしても無駄だった。たいした個人情報じゃなかったこともあって、再生回数も一日二回か三回しか伸びなかった。

さすがの紬も、毎日は自分の動画を再生していないので、二人か三人は見てくれている人がいるのかもしれない。

「二人いるなら上出来だよねっ！」

空元気を出して——ただし近所迷惑にならないように気をつけながら、小声で叫んだ。一人でも自分の歌を聴いてくれる人がいるかぎり、がんばって歌い続けようと改めて思った。綺麗事だと思うし、かなり強がりも入っていたけど、本心でもあった。

ＹｏｕＴｕｂｅのコメントにあったように、紬は『無駄に前向き』だった。前向きじゃなければ、売れない芸能人なんてやっていられない。落ち込んでも、すぐに立ち直る強さを持っていた。

けれど、それにも限界があった。紬の心を折るような事件が起こった。もらい事故とも言うべき事件だった。


十二月のある朝、突然、唯一の仕事を——収入源を失った。準レギュラーを務めていたカラオケ番組が打ち切られたのだった。番組の改編時期でもないのに終わってしまった。

司会を務めていたお笑い芸人が、あろうことか刑事事件を起こして逮捕された。ニュース速報が流れるほどの大騒ぎになり、当然のごとく番組に出演できなくなり、過去の映像も使えなくなった。

全国放送であれば他のレギュラーが司会をやったり、代役を立てたりするところだが、そうはならなかった。番組のスポンサーの意向で、番組はあっさり打ち切りになった。

逮捕されたお笑い芸人以外に、知名度のあるタレントが出演していなかったという事情もあるが、そもそも、売れっ子だったお笑い芸人のために用意された番組だったのだ。

カラオケ番組が打ち切りになったあと、その枠で食べ歩き系の旅番組が始まることになったが、紬は呼ばれなかった。事件に懲りたスポンサーが、お笑い芸人を使うことを嫌がったのだ。

「だから、わたしは芸人じゃないんだけど」

そう言いたかったけれど、歌うま芸人として番組に出ていた以上、その理屈は通じない。

こうして紬もテレビ画面から消えることになった。


そんな大切な知らせをＬＩＮＥで受け取った。届いたのは、なんと収録当日の早朝であった。

番組が打ち切られる旨の説明が簡単に書かれたあとに、お気楽なメッセージが付け加えられていた。


というわけで、今日から休みになります。

この機会にのんびりしてね。

ブサイクな猫が昼寝しているイラストのスタンプまで付いていた。自作のスタンプである。

お笑い芸人が逮捕されたニュースは知っていたが、すぐ打ち切りになるとは思っていなかった。スタジオでVTRを見ながら話す感じで、何度かは続けるのだろうと決めつけていた。だからショックが大きかった。

「何がのんびりよ。十分、のんびりしているから」

ブサイクな猫を睨みつけながら、お気楽すぎるLINEに文句を言った。カラオケ番組は二週間分を撮りだめる形式だったから、二週間に一度しか仕事がない状態であった。

ちなみにメッセージを送ってきたのは、紬の所属している事務所の社長でありタレントであり、経理担当、事務担当、営業担当、ついでに電話番も担当している小糸《いと》くるりさんである。

——小糸くるり。

芸名のような名前だが、果たして芸名だった。本名は知らない。調べればわかるだろうが、その気はなかった。

彼女は、もともとはモデルだが、レコードまで出していた。紬の生まれる前の話なので、CDではなくレコードだ。

かなりヒットして、全国ネットのテレビ局で何度も歌ったらしい。年末の某歌合戦にこそ呼ばれなかったけれど、他の歌番組は総ナメしている。ランキング形式でヒット曲を紹介する歌番組で、三位を取ったこともあったという。

いまだにカラオケで歌われているらしく、印税が入ってくる。くるりさん自身で作詞しているから、バカにできない金額である。

つまり、この芸能事務所――『くるりプロダクション』の稼ぎ頭でもあった。どの方面から見ても、紬ごときが勝てる相手ではなかった。

そんな『くるりプロダクション』の事務所には、くるりさんの巨大なポスターが貼ってある。

三十歳ころの写真だろうか。化粧が濃すぎてよくわからない。とにかくド派手な衣装を着たマリリン・モンローの日本版みたいな女性が、潤んだ目でマイクを持っている。

そして、そのポスターには、突っ込みどころの多いキャッチコピーが書いてあった。

スパンコールの雨が降る。
千葉県君津市が生んだ歌の女王。

くるりさん自身の考えたフレーズである。スパンコールというのは、光を受けてキラキラと輝く金属やプラスチックの小片のことで、舞台衣装に縫い付けてあったりする。装飾に使われるものだ。

くるりさんは君津市どころか千葉県出身でさえない。しかも本業はモデルだったはずである。キャッチコピーに真実はなかった。

ちなみに紬は、くるりさんの正確な年齢も知らない。もう六十歳をすぎているはずだけれど、いろいろな意味で若い。身長は紬と同じ百五十センチくらいだが、体重は紬の二倍はあるだろうか。

キャッチコピーからもわかるように、くるりさんはスパンコールがちりばめられたデザインを愛していて、演歌歌手の舞台衣装かと思うレベルの派手な服装をしている。

普段着でもそうだ。事務所にいるときは言うまでもなく、富津市《ふっつし》のイオンでたまたま会ったときもキラキラと輝いていた。

紬が目を丸くすると、「芸能人にプライベートはないのよ」と、わかったようなことを真顔で言っていた。

それはともかく、『くるりプロダクション』で働いている正社員はくるりさん一人で、所属タレントは小糸くるりと悠木紬の二人しかいない。

忙しい時期になると、ときどきアルバイトを雇っているようだが、紬は会ったことがなかった。くるりさんは結構な頻度で嘘をつくので、アルバイトが存在していなくても驚かない。

そんなくるりさんからLINEをもらったのは、朝六時のことだ。テレビ収録というと夜遅いイメージがあるが、紬の出演していたカラオケ番組は朝の収録が多かった。言うまでもなく売れっ子お笑い芸人のスケジュールの都合だ。

もう三十分もしたら家を出るつもりでいた。収録開始の一時間前には、スタジオ入りしておきたい。

実のところ、ここ最近、紬は張り切っていた。意に反してキャラ付けされた「歌うま芸人」が、はまり始めていたのだ。笑いを取れるようになりつつあった。

いや笑いはともかく、番組中に、点数が表示されるタイプのカラオケで100点を連発したのだった。スタッフのあいだから、どよめきが起こった。

この調子でいけば、他局から出演依頼の声がかかるかもしれない。シンガーソングライターとして認められたわけではないのは残念だが、背に腹は代えられない。

歌うま芸人としてでもいいから、テレビの仕事がほしかった。全国ネットの番組に出たい。テレビを見ているみんなの前で歌いたかった。

そう思っていた矢先に番組の打ち切りである。くるりさんのせいではないことはわかっていたけれど、LINEの連絡だけで納得できるはずもなく、紬は事務所に電話をかけた。すると、ワンコールもしないうちに、くるりさんが電話に出た。

「おはようございます。あなたの『くるりプロダクション』でございます。あなたの小糸くるりがご用件をお伺いいたします」

　いつ電話をかけても、くるりさんは業界人らしく「おはようございます」と言う。そして、いつ電話をかけても、だいたい彼女は事務所にいる。くるりさんの自宅を事務所にしているのだ。

「ゆ……悠木です。ええと、ＬＩＮＥ、見ました」

　言葉に詰まりながら単刀直入に言った。仕事がなくなった動揺を隠すことができず、声が震えている。

　一方、くるりさんは余裕いっぱいで、紬からの電話に驚いた様子もなく、日常会話みたいに――お天気の話でもするみたいに言葉を返してきた。

「そうなのよ。番組がなくなっちゃったのよ」

　こちらも単刀直入だった。まるで慌てていない。のんびりしすぎとも言える態度である。事務所の収入が減ったというのに、平然としている。紬に同情している雰囲気もなかった。

　解せなかったが、やがて思い当たった。先月、紬はラジオドラマのオーディションを受けた。主人公の親友という大きな役柄だ。

　忘れたふりをして触れないようにしていたが、全力でおぼえている。そろそろ合否の連絡が事務所に届いているころだ。

　カラオケ番組がなくなったのは残念だが、ラジオドラマの仕事が決まったのなら慌てる必要はあるまい。ギャラは悪くなかったし、テレビではないけれど全国で放送される番組だった。

人生は、悪いことばかりじゃない。いいことだって、きっと起こる。たぶん起こる。『禍福《かふく》は糾《あざな》える縄の如し』という諺《ことわざ》があるくらいなのだから。

オーディションに受かったのかもしれない。前のめりの姿勢になって、くるりさんに聞いてみる。

「先月受けたオーディションの結果は来ましたか？」

「ラジオドラマのやつね。うん。来てた。落ちてた」

くるりさんの返事は早かった。あっけらかんとした口調で凶事を伝えたのであった。

「お……落ちてた？」

愕然とした声で聞き返すと、さすがにまずいと思ったのか、くるりさんがフォローを始める。

「しょうがないわよ。だって紬ちゃんは演技する人じゃないもんね。シンガーソングライター、正統派の歌手だもん。ラジオドラマなんて、むしろ出ちゃダメよね。こっちからお断りだわ」

シンガーソングライター。正統派の歌手。こっちからお断り。

今となっては、どの言葉にも違和感しかなかった。悠木紬は、歌うま芸人だったはずだし、ラジオドラマのオーディションを受けると決めたとき、「演技派女優として大河ドラマか朝ドラを目指すのよ！　人は、誰もが役者なのよ！　人生という舞台に立っているんだから！」とよくわからないことを言われた記憶がある。もちろん、くるりさんの言葉である。

何をどう言っていいのかわからず黙っていると、くるりさんが自信たっぷりに続けた。

「バカ芸人が逮捕されたせいで、仕事はなくなっちゃったけど大丈夫よ。紬ちゃんには歌があるから」

そう言うが、再生回数49回の歌である。大丈夫だとは思えなかった。崖っぷちから落ちかけている。すでに落下したと言っても過言ではない状態だ。

だが、くるりさんはどこまでも能天気——いや前向きだった。慈愛に満ちた声で、紬を励ましてくれる。

「次の仕事なんて、すぐ決まるわよ。それまで休むといいわ。そうだ、温泉でも行って来たら？」

そんな言葉で通話は終わり、紬は仕事と収入を失った。わかっていたことだが、事務所は当てにならない。

「アルバイトしないと……」

電話を切ってから、紬は呟いた。もともと芸能の仕事だけでは生活できていなかったのだが、いっそう収入が必要になった。少なくとも、生活できる程度の収入が必要だ。

売れない芸能人がアルバイトをするのは、決して珍しい話ではない。紬も、先月までファミレスでアルバイトをしていた。

長く勤めていたこともあって、バイトリーダーにまでなったのだが、外食産業も競争が厳しく、そのファミレスが閉店した。いい店だったのに潰れてしまった。

歌手になるために故郷から出てきて以来、ずっと続けてきたアルバイトだっただけに凹んだ。ＹｏｕＴｕｂｅで泣き言をこぼしたくらいである。そんな需要はないとわかっていたけれど、話さずにはいられなかった。

そのＹｏｕＴｕｂｅは収益化できておらず、アルバイトをさがさなければ無収入であった。

東京に比べれば家賃の安い土地柄らしいが、それでも週五日は働かないと生活できない。安アパートの家賃さえ払えなくなってしまう。そうでなくても物価高で、生活が苦しかった。

「……田舎に帰ろうかな」

思わず弱音を吐いた。紬の実家は、埼玉県秩父市にある。田舎と言うほど辺鄙《へんぴ》ではないが、生まれ故郷という意味である。

子どものころから歌が大好きで、高校生のときに小さなオーディションに出た。ローカル番組主催の名前もないようなオーディションだった。ギターを弾きながら、お母さんが大好きな中島みゆきの『ファイト！』を歌った。我ながら渋い選曲だ。

優勝はできなかったが、『くるり賞』なるものをもらった。説明するまでもなく、小糸くるりの賞である。千葉県君津市在住のくるりさんが、なぜか埼玉県のローカル番組の審査員をやっていたのだ。

「温泉に入りに来ました」

番組の冒頭で、くるりさんは言った。秩父市は温泉の町であり、高校生だった紬も含めた全員が冗談だと思って笑ったが、今になって思うと本気の発言だったのかもしれない。

全力で『ファイト！』を歌うと、なぜか、くるりさんは泣いた。紬の歌に感動してくれたのか、花粉症だったのかは不明だ。そして番組が終わったあとに、スカウトされた。

「あなたなら、第二の小糸くるりになれるわ」

この殺し文句に殺された当時の自分は謎である。とにかく、二十歳になるのを待って内房《うちぼう》の町に出てきた。

歌手になれるんだと、わくわくした気持ちをおぼえている。同時に、寂しい気持ちになったことも忘れていない。

紬の父親はすでに他界していて、紬が実家から出ると、お母さんは独りぼっちになってしまう。進学や就職ならともかく、歌手になろうとしているのだ。反対されても不思議のないところだが、お母さんは紬の夢を応援してくれた。


紬の歌を聴いてると元気になるの。

がんばって生きていこうと思えるの。


こんなふうに言ってくれた。だから帰れない。故郷には帰れない。歌手であることを諦められない。

それから、天国のお父さんだって、紬を見守ってくれているはずだ。

最初に歌手になりたいと思ったのは、幼稚園のときだった。そのころから歌が好きだった。お父さんのおかげで好きになった。

お父さんは身体が弱かった。会社を休んで寝込んでばかりいた。お母さんも働いているから、紬とお父さんの二人でいる時間が長かった。縁側に並んで座って、よく自宅の庭を眺めていた。

のんびりした時間だったが、幼稚園児の紬はすぐに退屈して、歌い出した。幼稚園で習った歌もあれば、お母さんが聴いている中島みゆきを歌うこともあった。

うるさかっただろうに、お父さんは紬を邪魔にせず、微笑みながら「上手だな」と褒めてくれた。調子に乗って、自分で適当に作った歌を披露した記憶がある。だが、そんな優しい日々は永遠には続かなかった。

やがて紬が中学生になると、大きな病院に入院してしまった。毎日のようにお父さんのお見舞いに行った。元気になって、家に帰ってくるものだと思っていた。でも違った。元気になるどころか、お父さんは日に日に痩せていった。何度も何度も手術を受けた。

そんなある日、お父さんがベッドに横たわったまま、紬をそばに呼び、聞こえるか聞こえないかくらいの声で言った。


お父さんは紬の歌が好きだ。

聴いているだけで、いろいろなことが怖くなくなる。

生まれてきてよかったって思うことができる。

お母さんや紬と暮らせて幸せだったよ。

生まれてきてくれて、本当にありがとう。

お父さんの子どもになってくれて、本当にありがとう。


そして眠ってしまった。それが、最期の言葉になった。お父さんは、そのまま目覚めなかった。紬とお母さんを置いて、どこか遠くへ逝ってしまった。

「ありがとうは、わたしの台詞だよ」

思い出すたびにそっと呟く。お父さんとお母さんの子どもでよかった。何度でもそう思う。幸せだったし、今も幸せだ。優しい記憶をたくさんもらった。

だから故郷に帰るわけにはいかない。お父さんとお母さんが応援してくれた夢を諦めたくない。

「もう少し、がんばってみるから」

一人暮らしのアパートで呟く。崖っぷちの苦しい暮らしの中で笑ってみる。病気のお父さんは、もっと苦しかっただろうに笑っていた。

お母さんだって寂しいだろうに――泣きたいことだってあるだろうに、いつも笑っている。

そんな両親の娘が、こんなことで挫けるわけにはいかない。負けるわけにはいかない。

天国のお父さんや故郷のお母さんに届くように歌い続けたかった。明日のために、大好きな歌を歌いたい。

時計を見ると、まだ午前七時にもなっていなかった。何をするにも早すぎる時間だ。だからと言って二度寝する気にはなれず、このまま家にいても落ち込んでしまいそうだ。

「散歩でも行くか」

考えるまでもなく決めた。歩くのは身体にいいし、お金もかからない。気晴らしにもなる。

秩父市の山間の町で生まれ育ったこともあって、一時間くらいなら平気で歩けた。今でも歌うことの次くらいに散歩が好きだ。

「天気は大丈夫かなあ」

立ち上がって窓の外を見た。雲一つない青空が広がっている。大丈夫そうだ。もちろん寒いだろうが、歩いているうちに暖かくなるはずだ。

それでも薄着はできない。風邪を引きたくなかった。喉を痛めたら歌えなくなってしまう。

「憂《うれ》いあれば備えなし。——いや、反対か」

それを言うなら、『備えあれば憂いなし』である。

「意味は一緒」

適当なことを言いながら、お気に入りの白いダウンジャケットを着て外に出た。故郷にいたころからずっと着ているアウターだ。

玄関を出て階段を降りて、アパートの外に出た。時間が早いせいか、閑散としている。駅へ向かう道から少し外れているせいもあって、普段から人通りの少ない場所だった。

「そんなに寒くない」

吐く息は白かったけれど、故郷の秩父に比べれば暖かい気がする。このあたりでは、雪は滅多に降らない。たまに降っても、ほとんど積もらなかった。

「今日は木更津のほうに行ってみるかな」

あまり考えずに決めた。さしたる理由もなく、事務所のある君津市の反対方向に行こうと思ったのだ。

歩いたことのない道を行ってみたかったのかもしれない。知っている人のいないところを歩きたかったのかもしれない。そういう気分だったのだろう。

「迷子上等で歩くから」

誰も聞いていないのに宣言するように言って、紬は歩き始めた。スマホも持たずに、ひたすら歩いた。頭の中を真っ白にして、景色も見ないで足を進めた。もともと考えるより、身体を動かすほうが得意だ。

知らない道を選んで進んでいたつもりだったが、道はつながっていたようだ。ふと気づくと、苦手な場所の近くにいた。大きな病院が目の前にあった。関東を代表するような大きな総合病院である。

この病院自体に含むところはないし、お腹が痛くなって診てもらったこともあるけれど、お父さんが入院した日のことや手術を受けた日のこと、それから、死んでしまった日のことを思い出してしまうのだ。

そろそろ十年の歳月が流れようとしているのに、今でも胸の痛みを感じる。人は、悲しみを忘れることができない。心の痛みは消えない。

記憶とは不思議で、何年も思い出したことのなかった過去の出来事が——もう忘れてしまったと思っていた昔の出来事が、昨日のことのように脳裏に浮かぶ瞬間があった。断片的で不確かな記憶が、走馬灯のように駆け巡るときがある。

例えば、こんな記憶。

紬が幼稚園に通っていたころ、お父さんと不思議な会話を交わした。どうしてなのかはおぼえていないけれど、お母さんはその場にいなかった。

「ねえ、お父さん。海ってどれくらい広いの？」

「想像もつかないくらい広いよ。すごく、すごく広いんだ」

「へえ。それじゃあ、海の向こう側には何があるの？」

「さあ。お父さんも知らないなあ。何があるんだろうなあ」

海のない埼玉県で生まれた紬は、ずっと本物の海を見たことがなかった。もちろん、テレビやネットなどでは見たことはあったけど、小学生になって遠足に行くまで県外に出た記憶さえなかった。埼玉県の外に出るような家族旅行をしたことがなかったのだ。

紬が海の向こう側に思いを馳せていると、お父さんがとても穏やかな声でこう続けた。

海の向こう側に何があるのかわかったら、お父さんに教えてほしい。紬が大きくなったら、きっとわかるだろうから。


あれから長い歳月が流れた。二十二歳になった紬は、海の町で暮らしている。東京湾を毎日のように見ている。そして、たぶん、もう大人だ。

けれど、いまだに海の向こう側に何があるのかはわからない。その一方で、死んでしまったお父さんが暮らしているような気がするときがある。

死んでしまった人たちの暮らす国が、海の向こう側にあるという話を聞いたことがあった。話してくれたのは、くるりさんだ。

いつだったか二人で海岸を散歩したとき、内房の海を見ながら独り言を呟くように言っていた。

人が死ぬと海の彼方にある楽園に行って、そこで永遠に幸せに暮らすのよ。

特別な考え方ではないらしい。くるりさんは、『海上他界観』という言葉を教えてくれた。

海上他界観は、古代日本から伝わる死生観あるいは民間信仰であり、特に九州や沖縄《おきなわ》などの海に囲まれた地域で広く信じられている。

その起源は古く、縄文時代の遺跡から、海に面した場所に墓が作られていることから推測できる。当時の人々が死者を海に葬ったのではないかという説があるらしい。苦しみも悲しみもない楽園で幸せに暮らしてほしい、と願いを込めて――。

あの世のことも、海の向こう側のことも考え始めるとキリがない。生きている人間にはわからないことだろう。


病院を見たくなかったから、病院から逃げるように細い道に入った。すると見知らぬ場所に出た。大通りのそばにあるのに静かで、木々が生い茂っている。

「散歩にいいわ」

気持ちを切り替えようと呟き、さらに歩いていくと、こぢんまりとした鳥居が見えた。こんなところに神社があるようだ。

木更津市には吾妻神社や八剱《やつるぎ》八幡神社のような観光名所もあるが、人々に忘れ去られたような小さな神社も点在している。その多くは無人の神社で、神職も常駐していない。

紬が見つけたのは、そんな神社の一つだ。歩み寄って境内《けいだい》をのぞいた。閑散としていて、どことなく管理している人間がいない雰囲気があった。

その割には、境内は綺麗に掃除されていたので、地元民が気を配っているのかもしれない。近所の人たちがボランティアで掃除している神社はある。

「お参りしていこうかな」

なぜ、そう思ったのかわからない。見えない力に導かれるように神社の境内に入り、小さな拝殿まで行った。予想通り、誰もいない。紬は手を合わせて、声に出して願いごとを言った。

「仕事が見つかりますように」

生きていく上で必要なことだ。お金がないのだから、仕事が見つからなければ生きていけない。

ただ紬の望みは、他にもあった。大きな、とてもとても大きな願いがあった。ずっと願っていることだ。

今度は、声に出さずに願掛けする。

わたしの歌が、みんなに届きますように。

誰かの勇気になりますように。

自分の歌を聴いて、笑顔になってほしかった。喜んでほしかった。落ち込んでいる人を元気づけたかった。

つたない歌かもしれないけれど、生意気な願いかもしれないけれど、みんなが幸せになってほしかった。

だから、これからも前向きな歌を歌い続ける。中学生が好きそうな歌を歌う。絶対に諦めない。歌うことをやめない。夢を諦めない。倒れても、がんばって立ち上がる。何度でも立ち上がる。

名前も知らない神社の神さまに誓った。それは、死んでしまったお父さんに向けた言葉でもあった。

お参りを終えても、まだ帰る気になれなかった。帰ったところで、やることは何もない。逮捕されたお笑い芸人の話題をＳＮＳで追いかけて、一日が終わる予感があった。

「もう少し歩くか」

散歩を続けたほうが、絶対にましだ。スマホを持ってこなかったので、自動的にＳＮＳ断ちできる。

紬は、神社の裏手に向かって歩いた。何分もいかないうちに、その建物が目に飛び込んできた。

「なんか、可愛いのがある」
古民家風の建物だが、小さな突き出し看板が壁にくっついていたおかげで、食堂だとわかった。その看板には、丸っこい可愛らしい書体で店の名前らしき言葉が書いてあった。

しっぽ食堂

陶器で作ったような猫形の看板だった。三十センチ四方程度の小さなもので、看板としては目立たない。遠くから見ても、看板だとわからないだろう。
そして設置されていたのは、猫形の看板だけではなかった。そのすぐ下に土鍋の形をした、やっぱり陶器で作った感じのプレートが貼ってあって、こんな文字が書いてある。

土鍋料理と定食、猫の店
(しっぽの長い猫がいます)

「へえ」
紬は声を上げた。病院の近くに、こんな店があるなんて知らなかった。興味を惹かれた。

「看板猫がいる店かあ……」

店の名前や看板からして猫がいそうな雰囲気ではあるが、明記して、猫嫌いの人間やアレルギーを持つ客に注意を促しているのだろう。

「絶対、いい店だ」

早くも太鼓判を押した。紬の直感がそう言っている。店名と言い、猫形の看板と言い、柔らかで可愛らしい雰囲気があふれている。土鍋料理というのも温かみがあっていい。

すでに開店しているらしく、「営業中」の札と暖簾《のれん》がかかっていた。

「こんなに朝早くからやってるんだ」

昼間に会社勤めなど他の仕事をして、土日や朝早くだけ開ける類の店なのかもしれない。つまり趣味でやっている系の食堂だ。

その手の店は儲け度外視で営業していることも多く、美味しい料理を安く食べることができる傾向にあった。

「ごはん、食べていこうかなあ……」

独り言が止まらない。起きてから何も口にしていなかった。食べることは好きだが、自分で料理するのは面倒くさくて自炊していない。

今日にしても、収録に向かう途中で何か適当に食べるつもりでいた。コンビニでパンを買って済ませることも多かった。

「外食くらいしてもいいよね？　これも何かの縁だよ」

言い訳するように呟いたのは、外食なんて贅沢だと思ったからだ。コンビニのパンだって今どき安くはないけれども、店で食べるより高くはない。お金のかかり方が、十倍くらいは違うだろうか。

しっぽ食堂にさらに近づき、店内の様子をうかがった。入り口は細かい縦格子戸になっていて、よく見えなかった。ただ、誰かがいる気配はある。

着物姿の落ち着いた女性の姿が思い浮かんだ。そのイメージは、自分の母親と被るものだった。きっと優しそうな人がやっているに違いない。あんなに可愛い看板を出しているのだから。

「今の時間だと、朝定食かなあ」

外にメニューがないのでわからないが、朝から土鍋料理は出さないだろう。紬は、朝定食を思い浮かべた。店の雰囲気からして、きっと和食だ。

炊きたてのごはんと漬けもの、焼き鮭、納豆、卵焼き、湯気の立つ味噌《みそ》汁……。見てもいないのに、お腹が鳴りそうだった。もちろん、しっぽの長い猫にも会ってみたい。

「これは食べていくしかないな」

決断したあとは迷わない。

「おはようございます」

紬は声をかけながら、しっぽ食堂の引き戸を開けた。

温かな空気が、紬の顔を包み込む。歩いてきたということもあって、それほど寒いとは思っていなかったけれど、ほっとする。

しっぽ食堂は、予想していた以上に素敵な店だった。壁も床も天井も、さらには椅子やテーブルさえも黒光りする年季の入った木で作られていて、太い柱や梁を生かした内装は、木のにおいと温かみにあふれている。

それだけでも一見の価値があるけれど、紬の目を奪ったものは他にあった。ため息交じりに呟いた。

「すごい……」

古民家風の店内に並んでいたのは、数え切れないほどたくさんの陶器だった。百個はあるだろうか。

壁一面に棚が作られていて、さまざまな形と大きさの土鍋や器、湯呑み、箸置き、コーヒーカップなどが所狭しとディスプレイされていた。

新品ばかりではないようだが、どれも清潔に保たれていて、埃《ほこり》一つ付いていなかった。実際に店で使っているものなのかもしれない。

ときどき交じっている既製品に見えないものは、店主自らが焼いた陶器だろうか。

間違いなく器にこだわる店だ。

　雰囲気がすごくいい。渋くて和風なのは、紬の好みだった。掃除が行き届いているところもポイントが高い。テンションがまた上がった。

　ただ、しっぽ食堂はあまり広い店ではない。四人がけのテーブルが二つあるだけで、カウンター席もなかった。

　けれどテーブルとテーブルの間隔が広く、これだけ陶器がたくさん並んでいるのに狭苦しい感じはない。客に圧迫感を与えないように作られているようだ。

　ファミレスの元バイトリーダー目線で冷静に見ることができたのは、そこまでだった。猫が現れたのであった。引き戸を開けた紬を見に来たかのように、テーブルの陰から顔を出した。

「みゃあ」

　三毛猫だった。真っ白な毛の中に、淡い色合いの黒と茶が織り交ざっている。パステル三毛猫というやつだろう。

　そして、普通の猫より少しだけ、しっぽが長かった。全体的に大きく、大人の猫みたいだ。

　ちょっと目つきが悪いところが、また可愛らしい。こっちを見て、しっぽを小さく動かしているのも可愛い。鳴き声も可愛い。何もかもが可愛い。可愛いが渋滞していた。

紬は猫好きだ。アパート暮らしなので飼ってはいないが、YouTubeやInstagram、Xなどの猫アカウントをいくつもフォローしている。散歩の途中で地域猫や野良猫を見かけるたびに、猫ストーカーと化して写真や動画を撮ってしまう。

今日はスマホを持っていないから写真は撮れないが、こんなに近くに猫がいる。顔を近づけても逃げない。テンションが上がるのは当然だろう。猫好きとして、すべきことは決まっている。友達になるしかあるまい。

「みゃあ」

しゃがんで三毛猫に挨拶した。すると、なんと返事をしてくれた。

「みゃ」

可愛い！　黄色い声を上げそうになったが、ぐっと堪えて会話を続ける。

「みゃ」

「みゃ」

「みゃあ」

「みゃん」

会話が弾んでいるような気がする。すっかり猫に夢中になっていた。癒やしを求めていたのかもしれない。

猫好きにとって、猫はマタタビのようなものだ。実際にマタタビを試したことはないが、そんな気がする。

正気を失い、自分がどこにいるのかを忘れてしまう。紬も、自分がどこにいるかを忘れていた。

「みゃみゃ」

しつこく三毛猫と会話を続けようとしたときだった。しゃがんでいる紬のつむじに声が降ってきた。

「——食事ですか」

可愛らしさの欠片《かけら》もない、無愛想でぶっきらぼうな声だった。

顔を上げると、怖そうな顔の男性が立っていた。紬より少し年上の二十五歳くらいだろうか。見ようによっては同い年にも見える。三毛猫に夢中になっていたから、近づいてきたことに気づかなかった。

その無愛想な男は濃い紺色の作務衣《さむえ》を着て、腰に巻くタイプの黒い前掛けをしている。たぶん料理人だ。

「あの……。この店の方ですか？」

そう聞いたのは、優しそうな女性のイメージが脳裏にあったからだろう。この優しげな雰囲気の古民家風の店に必要なのは、和服のよく似合う大人の女性だと思う。

だが紬の目の前に立っているのは、格闘技でもやっていそうな体格のいい男性であった。百八十五センチはありそうな身長で、ビジネスショートと呼ばれる清潔感のある髪型をしていた。

目鼻立ちは悪くなく、がっしり系の二枚目と言ったところだが、表情に愛想がなさすぎる。

ただ不機嫌と言うよりは、頬が強張っている感じだ。どことなく驚いているようにも見えるが、客が来て驚いているのだろうか？　そこまで流行っていない店とは思えないのだが。

「この店の中堂陸《なかどうりく》だ」

紬の問いに答えたつもりのようだけれど、なぜかタメ口であった。中堂陸とやらは、その口調のまま続ける。

「食事をするつもりがあるなら座ったらどうだ？」

初見の客に対する言葉遣いではない。いくら何でも、ぶっきらぼうすぎる。回れ右をして帰りたくなったけれど、そういうわけにはいかない事情があった。

紬は躊躇《ためら》う。このまま帰ったら角が立つのではないか？　嫌な思いをさせることになるのではないか？

ローカル局とはいえテレビに出ていた身としては、余計なところで恨みを買いたくなかった。いい噂はなかなか広まらない一方で、悪い噂はＳＮＳに投稿されて拡散される。有名無名に関係なく、一瞬で炎上する。

小心者の紬としては、絶対に避けたい事態である。そんなことで名前を売りたくない。

　食べていくしかない。そう思った。中堂陸の態度はどうかと思うが、店そのものは素敵だ。可愛い猫だっている。

　無理やり前向きになっていると、中堂陸が初めて店員らしい言葉遣いで言った。

「窓際の席にどうぞ」

　さっさと歩き始めた。こっちを見もしないけれど、案内しているつもりのようである。悪意があるのではなく、接客が苦手なのかもしれない。料理を作ることにしか興味のない人間は存在する。

　紬は、おとなしく中堂陸のあとについて陶器の並ぶ店内を歩いた。やっぱり、けっこう広い。贅沢な作りだ。どちらが優れているという話ではないが、客を一人でも多く入れる方針のファミレスとは違う。

「こちらでよろしいでしょうか」

　窓際のテーブルの前で、中堂陸にそう聞かれた。言葉遣いは丁寧だったけれど、そこはかとなく圧を感じた。こっちを見る目つきがキツい。頷く以外の返事は受け付けないというオーラが出ていた。さっきから感じていたことだが、妙な緊張感がある。

「は……はい」

「じゃあ、どうぞ」

すすめられるがままに座った。四人がけの広い席だった。ただし、外の景色は見えない。漆喰《しっくい》の塀で通りから目隠しされている。

でも悪い席ではなかった。土鍋を並べた棚がすぐ近くにあったからだ。美しい陶器を眺めることができる。

病院や歩道を見ているより、ずっと気が利いているし、外から食べている姿を見られないという利点もある。通りから丸見えの席は、どうにも落ち着かない。

それに加えて、思いがけない鍋サービスがあった。

「みゃあ……」

それまで静かにしていた三毛猫が欠伸《あくび》をして、店の端っこのほうに向かって歩き出した。とことこと一直線に進んでいく。そこには、少し大きめの土鍋があった。邪魔にならないようにだろう。周囲にテーブルのない壁際近くの床に置かれている。

やがて三毛猫が、壁際の土鍋に辿り着いた。何かを確かめるように、土鍋に顔を近づけている。

何をするつもりだろうと見ていると、三毛猫が当たり前のように土鍋に入って丸くなった。そこそこ大きなモフモフの身体が、土鍋にぴったり収まった。紬は、これを知っている。よく知っている。

ねこ鍋だ。

動画やＳＮＳで何度も見ているが、実際に目の当たりにするのは初めてだった。念のために言っておくと、嫌々入っているわけではないらしい。猫は鍋のような狭いところが大好きで、鍋に入ると安心するのだという。

「みゃあぁ」

ふたたび欠伸をするみたいに鳴いて、三毛猫は動かなくなった。小さく寝息を立てて、心地よさそうな顔をしている。

眼福であった。いつまでも見ていられる。可愛すぎる。可愛いは正義だ。猫は正義だ。大正義だ。

大絶賛しながら愛らしいねこ鍋に見とれていると、愛らしくない声が飛んできた。

「少々お待ちください」

中堂陸だ。身長差がある上に座っているせいか、常につむじに話しかけられている気がする。しかも相変わらず声が固い。紬相手に緊張するわけがないから、普段からこういうしゃべり方なのだろう。

紬の返事を待たずに、中堂陸はどこか——たぶんキッチンに入っていった。水かお茶を取りに行ったのかもしれない。テーブルの上は片付いていて、メニューさえ置いていない。だから、どんな料理を出す店なのか不明である。

中堂陸がいなくなり、紬は一人になった。他に店員の姿はなく、三毛猫は熟睡している。土鍋の中で幸せそうにムニャムニャ言っている。

静かだった。大病院の近くにあるのが嘘みたいに静かだ。大通りから外れた場所にあるせいか、自動車やバイクの音も聞こえない。時間が早すぎるせいなのか、客がやって来る気配もなかった。

この店は温かくて居心地がいいけれど、どうしても、これから先のことを考えてしまう。

番組は打ち切られ、アルバイト先も潰れた。いわゆる営業などの仕事もない上に、ＹｏｕＴｕｂｅの再生回数も伸びない。誰も紬の歌を聴いてくれなかった。

「需要がないのかなあ……」

声に出して呟いて、ぞっとした。嫌な言葉だ。世界の誰にも見向きもされず、世界から弾かれて、自分は今、独りぼっちなんだと思ってしまう。

前向きな人間ほど落ち込むと、ずぶずぶと沼に沈んでしまうものだが、紬も例外ではなかった。底なし沼に沈んでいくように全身が重くなった。胸のあたりが苦しくて、呼吸が上手くできない。

酸欠から逃れるように、紬はため息をつこうとしたが、ため息さえ上手くつけなかった。いつの間にか下を向いていた。テーブルがすぐ近くに見える。でも顔を上げることができない。

やがて、キッチンから足音が戻ってきた。お茶だか水だかを持ってくるのに、ずいぶん時間がかかったものだ。スマホかテレビでも見ていたのだろうか？　やる気のない店では、ありがちだ。

そんなことを思っていると、意外なにおいが漂ってきた。

「……え？　バター？」

紬は呟いた。紛れもないバターの香りがする。落ち込んでいるのも忘れて顔を上げると、中堂陸がすぐそこにいる。料理が入っていると思《おぼ》しき土鍋をお盆に載せて運んでくるところだった。

中堂陸は何の説明もしないで、テーブルにそれを置いた。紬が驚いているのに気づいただろうに、注文を受けた料理を運んできた普通の店員みたいに言った。

「お待たせしました」

視線がテーブルの上に吸い寄せられる。置かれたのは、一人用の小鍋だった。美しい土鍋だ。宝石のように黒く光って見える。蓋が閉められているが、蒸気穴から湯気が立っていて、美味しそうな甘いにおいがあふれている。

だけど、ちょっと待ってほしい。これは、わけがわからない。この展開は、意味がわからない。

「お待たせしましたって」

注文どころかメニューも見ていないのに、突然、料理が出てきた。何の説明もなくテーブルに置かれた。

「嫌いでしたか？」

中堂陸が聞いてきた。紬の好みを気にしているようだが、そういう問題ではあるまい。好き嫌い以前の問題だ。

誰がどう考えたって、この質問はおかしいだろう？　この食堂はおかしい。注文も聞かずに食事を出すなんてあり得ない。常連客ならともかく、初めてきた客である。こんな対応は聞いたことがない。

当惑していたが、天啓を受けたように、突然はっとした。

ぼったくりの店なのかもしれない。そう思ったのだ。法外な料金を請求されるやつである。どこの町にも、不届きな輩《やから》はいる。可愛い猫を飼っていても、善人とはかぎらない。

店から出たほうがいい。この場から逃げよう。これ以上、しゃべったらダメだ。振り込め詐欺と一緒で、相手にしたら悪人のペースに巻き込まれる。気づいたときには、振り込め詐欺の受け子にされている可能性だってある。とんでもない話だった。

唇を固く閉じたまま、無言で立ち上がろうとしたときだ。中堂陸が土鍋の蓋を開けた。

またしても、不意打ちだった。紬は鍋の中を見てしまい、椅子から浮かしかけていた腰が止まった。

帰ろうと決めたのに、一刻も早く店を出なければならないのに、悪人としゃべっちゃダメだとわかっているのに、言葉が勝手に零れた。

「……どうして、これを?」

声が掠れている。見ているものが信じられなかった。土鍋に入っていたのは、紬の大好物だった。

中堂陸が無言で頷いたが、何の頷きなのかはわからない。紬の質問に答えることなく、料理の名前を言った。

「長ねぎのポタージュスープ、土鍋仕立て」

やっぱり、そうだった。長ねぎのポタージュだった。しかも中堂陸の言葉には、続きがあった。

「埼玉県産の深谷ねぎと玉ねぎをじっくりバターで炒めて、ミキサーで滑らかになるまで攪拌《かくはん》した。ちゃんと鶏ガラスープと生クリームも使っている。とびきりのベーコンも入れた」

紬は、いっそう驚く。お母さんが作ってくれた長ねぎのポタージュと、まったく同じレシピだったからだ。わざわざ埼玉県産の深谷ねぎを使っているのだから、偶然ではなかろう。

お母さんは普通のシチュー鍋で作っていたけれど、それ以外に違いが見出せない。お母さんの作ったポタージュが土鍋に入っているような錯覚に襲われた。

「土鍋には和食のイメージがあるかもしれないが、洋食だって上手に作れる。熱伝導が低く、保温性に優れているから、じっくりと加熱することができる。例えば、このポタージュを作るのにはぴったりの調理器具だ」

質問してもいないのに蘊蓄《うんちく》を傾け、さらに材料についても注釈を加える。

「深谷ねぎは繊維のきめが細かくて柔らかい。果物に匹敵する糖度があって、甘くて旨い野菜だ」

その言葉も、お母さんから聞いたことがあった。深谷ねぎの甘さも知っている。レシピだけでなく、蘊蓄まで一緒なのは偶然ではないだろう。

「どうして、これを？」

さっきと同じ質問を繰り返した。すると中堂陸が肩を竦めるようにして、ようやく紬の質問に答えた。

「ＹｏｕＴｕｂｅで聞いた。あんた、悠木紬さんだろ？」

「……お」

変な声が出た。道で声をかけられた経験もなく、こんなふうに話しかけられたのは初めてだった。

自分を知っている人が――ＹｏｕＴｕｂｅを見てくれた人が、実在するなんて。それも目の前に現れるなんて。

奇跡が起こったとしか思えなかった。再生回数49回の紬に奇跡が起こった。何か言わなければならないとわかってはいたけれど、変な声の続きが出ない。驚きすぎて、きっと、遺跡から発掘されたばかりの埴輪《はにわ》みたいな顔になっているだろう。

沈黙が長すぎたようだ。埴輪顔がいけなかったのかもしれない。中堂陸——いや、中堂さんが肩を竦めた。

「違うのか？」

「ち、違いません！　そ、その悠木です！　悠木紬です！　歌うま芸人もやっていました！」

首がもげるほどの勢いで頭を横に振りながら、全力で答えた。ただ、最後の一言は余計であった。

「歌うま芸人？」

知らなかったようだ。中堂さんの眉が上がった。番組も終わってしまったし、説明する必要はないだろう。ＹｏｕＴｕｂｅでも、歌うま芸人には触れていない。

「いえ、何でもありません。動画を見てくださったんですね？」

「そうだな。何度か見た」

神であった。間違いなく神だ。紬の動画を何度も見たなんて、世界中で彼だけかもしれない。

紬が祈るように両手を組んで中堂さんを見つめていると、いきなり冷や水が飛んできた。

「前向きな歌ばっかり歌ってるよな。がんばれば夢は叶うとか、明日を信じて歩いていこうとか」

何となくだけど、言い方に棘《とげ》を感じた。笑顔の埴輪になりかけていた紬の表情が強張り、過去にもらったＹｏｕＴｕｂｅのコメントが脳裏に浮かぶ。


無駄に前向きな歌ばかり。

中学生が好きそうな歌ですね。

同じような歌ばかりで飽きました。

つまんね。


改めて、中堂さんを見る。意地悪そうな顔立ちをしていた。大人になると、見た目で内面も想像できる。

接客態度も悪かったから、きっと性格もよくないはずだ。いたいけな歌手をいじめて、日ごろの鬱憤《うっぷん》を晴らすタイプに違いない。

勝手にそう決めつけて眉を顰めていると、中堂陸が静かに言った。

「いろいろ言うやつはいるだろうけど、おれは嫌いじゃない」

「あ……」

中堂さんは、仏像のような穏やかな目をしている。もっと言えば、千葉県富津市にある東京湾観音のように慈愛に満ちた眼差しだ。

褒められることに慣れていない紬は、言葉を押し出すようにお礼を言った。

「……ありがとうございます」

心の中で、中堂さんの言葉を噛み締める。


嫌いじゃない。


紬の歌を評価してくれたのだ。それから、たぶん励ましてくれた。絶対に、いい人だ。ふたたび改めて思い返してみると、接客態度もそこまで悪くなかった。きっと、不器用なだけだ。誤解されやすいタイプなのだろう。

紬は、手のひらを返した。それくらい嬉しかった。手のひらを返すたびに、相手の呼び方が変わるのは昔からである。

とにかく、東京湾観音を拝むような気持ちで、中堂さんの顔をじっと見ていた。あまりにも凝視しすぎたのかもしれない。中堂さんが紬から視線を逸らし、急に話を変えた。

「温かいうちに味を見てくれ」

もうタメ口も気にならなかった。注文したおぼえがなかろうと、喜んで食べよう。紬の動画を見てくれた人が作ったのだから。

「熱いから火傷しないようにな」

中堂さんはそう言って、長ねぎのポタージュを器に掬《すく》ってくれた。綺麗な器だった。透き通るような真っ白なスープ皿だ。有田焼《ありたやき》とか伊万里焼《いまりやき》と呼ばれる磁器なのかもしれない。真っ黒な土鍋との対比が美しく、淡い緑のポタージュがキラキラと光って見える。

美術品を鑑賞するように料理に見とれていると、中堂さんが聞き捨てならない言葉を口にした。

「白飯《しろめし》もあるぞ」

悪魔――いや観音さまの誘惑であった。ここは土鍋料理の店で、そこで出てくるものと言えば。

「白飯って、もしかして――」

「そのもしかして、だ」

中堂さんが小さく笑い、紬の返事を聞かずにキッチンに行った。そして、新しい土鍋を運んできた。秒の出来事だったので、あらかじめ用意してあったようだ。

「土鍋で炊いたごはんだ。さっき炊き上がった」

「つまり炊きたて……」

タイミングがよかったということだ。でも考えてみれば、朝一番と言っていい時間に来たのだから、ごはんを炊いたばかりでも不思議はない。紬は、開店と同時にしっぽ食堂に入ったみたいだ。

「いい感じに炊けてるぞ」

中堂さんは言い、土鍋の蓋を取った。ごはんのいい香りが湯気と一緒に立ちのぼってきた。

見るな、というほうが無理である。腰を浮かせるようにして、炊きたてのごはんをのぞき込んだ。米の一粒一粒がつやつやと美味しそうに光っている。こんなの、絶対美味しいに決まっている。

腹の虫が大きく鳴った。もはや、恥ずかしいとさえ思わなかった。食べたい気持ちしかない。

「少し多いかもしれんが、小丼《こどんぶり》でいいか?」

「もちろんですとも!」

紬は力強く答えた。勇敢な声だった。小丼と言わず、大丼《おおどんぶり》でもいいくらいだ。

その返事が面白かったらしく、中堂さんは唇の端をあげるように笑ってから、炊きたての白飯を小丼によそってくれた。それを紬の前に置き、待望の一言を――待ちに待った台詞を口にした。

「温かいうちにどうぞ」

「いただきます!」

食い気味に返事をした。食事だ!　朝ごはんだ!　炊きたての土鍋ごはんだ!

テンションが突き抜けそうなくらい高くなっていた。大好物のポタージュもあるのだから当然だ。

まずはスープから食べよう、と決めた。長ねぎのポタージュには、木製のスプーンが添えられている。紬は、そのスプーンでまだ湯気の立っている美味しそうな液体を掬った。

濃厚でありながら、どこか、さらりとしている。バターのにおいに混じって、深谷ねぎの甘い香りが鼻腔をくすぐる。大きめに切ったベーコンが入っていて、軽く黒胡椒を振ってある。

紬は、スプーンに掬ったポタージュを口に入れた。最初に感じたのは、滑らかなクリーミーさだった。舌触りがよく、深谷ねぎと玉ねぎの甘さが早くも口いっぱいに広がっている。肉厚のベーコンも美味しい。黒胡椒のアクセントも絶妙だ。

ポタージュの温かさが胸の奥まで伝わってきた。思い出すのは、やっぱりお母さんのことだ。彼女の言葉を思い出す。

長ねぎは喉にいいから。

歌手になるんだから喉は大切にしなきゃダメよ。そんなふうに言って、深谷ねぎのポタージュを作ってくれた。いつだって、紬の夢を応援してくれた。

お父さんが死んだときも、お母さんだって悲しかっただろうに、泣きじゃくる紬を抱き締めてくれた。

お母さんのことを考えると泣きそうになる。瞼の裏側が熱くなって、涙があふれかけた。

だけど、ここで泣くわけにはいかない。恥ずかしいし、中堂さんに迷惑をかけてしまう。

泣きたい気持ちを誤魔化すように息を吐き、炊きたてのごはんが盛られた小丼を手に取った。まだ湯気が立っていて、素朴な甘いにおいがする。紬は、そのまま白飯をかき込むように食べた。自炊していなかったから、炊きたてのごはんを食べるのは久しぶりだ。

炊いたばかりのごはんは熱かった。予想以上に熱い。それでも食べることをやめられず、はふはふと息を吐きながら食べた。涙が滲んでいるのは、土鍋ごはんの熱さと美味しさのせいだ。そういうことにしておこう。

長ねぎのポタージュと土鍋ごはんを交互に食べた。バターとベーコンの塩気は絶妙で、白飯によく合った。

行儀悪くポタージュをごはんにかけて食べても美味しかっただろうけれど、その暇もなく完食してしまった。空っぽの土鍋が、窓際のテーブルに二つ並んでいる。土鍋ごはんは一合炊きだと思うが、それにしたって食べすぎだ。

こんなに食べたら太ってしまう。でも後悔はしなかった。美味しいごはんを食べて後悔するわけがない。いつの間にか置かれていたほうじ茶を飲んでから、しっぽ食堂の料理人に向かって言った。

「ごちそうさま。すごく美味しかったです」

「それはよかった」

中堂さんが応じた。彼の声には隠しようのない温かみがある。優しさがあった。それは、声だけじゃない。落ち込んでいる紬に温かい食事を作ってくれた。美味しいごはんを食べさせてくれた。顔を上げて前を向けるようにしてくれた。

「ありがとうございました」

何度でもお礼を言いたかった。美味しいごはんと静かな時間、それから勇気をもらった。

いただきます。

ごちそうさま。

ありがとうございます。

この世には素敵な言葉がたくさんあるけれど、そのうちの三つを口にすることができた。

美味しいごはんは偉大だ。何度でも、人を立ち直らせてくれる。絶望の淵から救い出してくれる。

○

新しく出された食後の緑茶を飲み終え、紬は家に帰ろうとした。いいことが起こりそうな予感があった。こういう予感は意外と的中する。歌の仕事の依頼が来るかもしれない。そう思った。

だが、いいことではなく惨事が起こった。この場にいる誰もが――ねこ鍋になっている三毛猫さえ想像していなかった大惨事だ。

「……あれ?」

財布がなかった。そもそも手ぶらだった。一円のお金も持っていなかった。電子マネーで払おうにも、スマホもアパートに置いてきた。やっぱりと言うべきか当然と言うべきか、番組がなくなったことがショックだったのだろう。あり得ないミスをしてしまった。

これも今さらだが、神社に手を合わせたときにお賽銭をしなかったことを思い出した。この際、神社はともかくとして、店で食事をしておいて、お金がないでは通らない。

「……すみません」

紬は、中堂さんに事情を話して謝った。謝るしかなかった。もちろん支払いはするつもりだ。

「ダッシュで取ってきます！　あの、ええと、に……二十分以内に戻ってきますから……」

部屋までの道のりを考えながら、許可を求めるように言った。この近くに知り合いはおらず、財布を取りに帰る以外の方法が思い浮かばなかった。けれど中堂さんは頷かなかった。

「いや代金は」

そこまで言って口を噤んだ。言うのをやめてしまったのであった。ここで黙らないでほしい。中途半端なところでやめないでほしい。

唐突に沈黙が訪れた。中堂さんは黙っているし、三毛猫は土鍋の中で寝息を立てている。紬は不安に襲われた。

警察に突き出されるのだろうか？

ファミレスでもそうだったけど、飲食店をやっていると毅然《きぜん》とした態度を取るべきときがある。なあなあで済ませてはならないときがある。無銭飲食は、その最たるものだ。

無銭飲食するつもりはないが、信じてもらえなければどうしようもない。紬は一見客だし、芸能人と言っても知名度は低く、警察に通報したくなる気持ちは理解できる。すごくわかる。

けれど警察沙汰は困る。すごく困る。仕事を失ったその日に、無銭飲食で通報されたなんて恥ずかしすぎる。お母さんにも、くるりさんにも顔向けできなくなってしまう。こんなことが知れ渡ったら、二度とテレビに出られなくなりかねない。事務所だってクビになる。

最悪だ。紬は頭を抱える。うっかり財布を忘れたせいで、人生が終わりかけている。神社に願い事をしたくせに、お賽銭をしなかった罰が当たったのかもしれない。

神さま、ごめんなさい。

お願いですから助けてください。

声に出さずに謝り、泣きそうになりながら祈りを捧げる紬の耳に、中堂さんの声が聞こえた。

「もしよかったらだが、ウチデハタラカナイカ?」

後半の言葉は、何かの呪文にしか聞こえなかった。何を言われたのかわからず、意味のある言葉に変換できず、紬はきょとんとした。言い訳するように中堂さんが続ける。

「アルバイトをさがしているって、動画で言ってたからさ」

確かに、しゃべった。YouTubeで話した。最近投稿した動画で話したばかりであった。本当の本当に見てくれているのだ。疑っていたわけではないが、実感できると鬼のように嬉しい。

「しっぽも、あんたに懐いているようだし」

「しっぽ？」

「うちの猫の名前だ」

中堂さんと紬の言葉に割り込むように、土鍋の中で眠っていたはずの三毛猫が返事をした。

「みゃん」

土鍋から顔を上げている。しっぽとは、この三毛猫の名前であった。同時に、可愛らしすぎる店名の謎が解けた。愛猫の名前を店に付けたのだ。

その一方で新たな疑問が生じた。中堂さんはこの店を一人でやっているのだろうか？　この可愛らしい店名は自分でつけたのだろうか？　奥さんや恋人がつけた可能性もある。

聞いてみたかったが、さっき会ったばかりである。仮に知り合いだろうと、プライベートを詮索するのは趣味が悪い。わかってはいたけれど、なぜか気になった。

もしかすると、考え込む顔になっていたのかもしれない。中堂さんが謝り始めた。

「……いや忘れてくれ。迷惑なことを言った。すまなかった」

紬が嫌がっていると思ったようだ。謝られても困る。ここでアルバイトの提案を撤回されたら、もっと困る。紬は、慌てて言った。

「すまなくないです！　迷惑じゃありませんから忘れません！」

「え？」

中堂さんが顔をあげて、こっちを見た。しっぽも土鍋の中から紬に視線を向けている。どうでもいいことだけれど、きょとんとした表情がどことなく似ていた。紬は笑いそうになった。

時給も勤務時間も確認していないが、すでに気持ちは決まっていた。でも、ちゃんと言わなければ伝わらない。言葉にしなければダメだ。だから、紬ははっきりと言った。

「アルバイトを募集しているなら、わたしを雇ってください」

「本気で言っているのか？」

中堂さんが、目を丸くしている。自分で誘っておいて驚いている。少年のような表情だった。

「はい。本気も本気です」

紬は答えた。仕事に困っているということもあるが、この店を——中堂さんの作る料理を気に入った。すごく気に入った。

人は、美味しいものを食べると安心する。人生の大問題が解決するわけじゃないけど、世界が変わるわけじゃないけど、がんばろうと思うことができる。

それは歌も一緒なのかもしれない。目に見えて何かが変わるわけじゃないけれど、いい歌を聴くと救われる。勇気が湧いてくる。しっぽ食堂のごはんは、いい歌と同じだった。

「明日からでも――いえ、今日からでも働きます。働かせてください」

改めて頼むと、中堂さんとしっぽが同時に返事をした。

「わかった。明日から頼む」

「みゃあ」

こうして、紬はしっぽ食堂の一員になった。これを運命と呼んでいいものなのかはわからない。自分の判断が正しいのかもわからない。

だが出会いであることは事実だ。紬は仕事を見つけた。しっぽ食堂と――中堂さんと出会うことができた。居場所ができた。

「みゃん」

しっぽがもう一度鳴き、土鍋に顔を戻した。紬は笑顔になる。

第二話

プロポーズはシチュー

Episode 2

見た目通りと言うべきだろうか。中堂さんは、きっちりした性格だった。飲食店にかぎらず個人経営の商店の場合、口約束だけで適当にアルバイトを雇うケースがあるが、しっぽ食堂は契約書があった。

紬は、その日のうちに契約をし、一日七時間、週五日のペースでアルバイトすることになった。

朝六時に開店して、昼すぎに終わる。残業が必要なときには、ちゃんと手当を出してくれるようだ。夕食時に営業することもあるらしいが、その場合にも手当が付くと契約書に書いてあった。

しかも、仕事が入った場合は休んでいいと言われた上に、時給も悪くなかった。飛び上がるほど高くはないけど、ファミレスより百円も多くもらえる。さらに仕事終わりには、賄《まかな》いが出るという。

「帰っても一人だから、ここで晩飯を食ってる。もしよかったら、時間のあるときだけでも一緒に飯を食っていってくれ」

中堂さんに言われた。口調が少し固い。緊張しているように見えるが、紬の気のせいだろう。

それはともかく、とりあえず奥さんはいないようだ。意味もなく、ほっとした。ほっとする必要なんて、まったくないのだが。

「はい！　喜んで！」

居酒屋の店員風に返事をすると、中堂さんが笑った。打ち切られたカラオケ番組でもやったことがあったが、このネタは意外と受ける。

芸人的な手応えを感じていると、中堂さんが紬に頭を下げてきた。

「この店は、おれ一人でやっている。だから忙しいときもあると思うが、よろしく頼む」

口数は少なく、雑談や愛想笑いは苦手みたいだけど、ぼったくりの店だと思ったのが申し訳なくなるほどの常識人だ。紳士的でもあった。

「こちらこそ、よろしくお願いいたします」

紬も頭を下げた。不束者《ふつつかもの》ですが、と言いかけて、なぜか照れくさくなって慌てて口を噤んだ。

依然として歌の仕事は来ないが、固定収入ができたのは心強い。一日一回とはいえ、食事の心配をしなくていいのもラッキーだ。

服装は自由だと言われたが、奮発して濃紺の作務衣を買った。中堂さんとペアルックみたいになったけれど、ファミレスの制服に慣れていたこともあって気にならなかった。飲食店ではそろいの服を着るものだという頭があった。もちろん作務衣を着てみたいという個人的な願望もある。

「作務衣って可愛いですよね？」

「そうか？　ずっと着てるからわからんな。まあ、おれが着ても可愛くないのは確かだな」

中堂さんは首をひねるが、絶対に可愛い。中堂さんも可愛いですよ、と言いそうになったが、さすがに自重した。

そんなわけで、アルバイト初日から張り切っていた。約束の勤務時間より三十分も早く出勤して、歌を歌いながら店の掃除を始めた。モップをかけながら、上機嫌で歌った。

今日も明日も明後日も
土鍋、土鍋、土鍋、土鍋
みんな大好き、食べると元気いっぱい
野菜もお肉も魚も美味しい
あなたの作る土鍋ごはん

紬が一番を歌い終えるのを待って、中堂さんが聞いてきた。

「その歌はなんだ？」

「ええと、『土鍋のうた』です」

そう答えると、中堂さんが怪訝《けげん》そうな顔になった。首をひねりながら、紬に質問を重ねる。

「そんな歌があったのか？　ＹｏｕＴｕｂｅにはなかったと思うが……」

ちゃんとチェックしてくれているのだ。紬は、秘密を打ち明けるように答える。

「さっき、作ったんです」

できたてのほやほやで、まだＳＮＳにもアップしていない。ほとんど即興で作った歌だが、悪くないと思う。テンポもいいし、歌詞もいい。中々の出来映えではなかろうか。

だけど、と紬は今ごろ思う。ここは飲食店で、しかも中堂さんの店である。勝手に歌ったのは、まずかったのかもしれない。余計な音を立てるな、と職人肌の料理人なら怒りそうだ。

アルバイト初日から、やらかしてしまったのだろうか？　紬は、おそるおそる聞いてみる。

「うるさかったですか？」

「いや」

中堂さんが唇の端を持ち上げた。厳めしい顔立ちのせいで凄んでいるようにしか見えないが、どうやら笑ったつもりのようだ。

「二番もあるなら歌ってくれ。賑やかなほうがいい」

紬に言い、キッチンに引っ込んだ。顔は怖いし、言葉は足りないけれど、やっぱり優しい。

感動のあまり、教会の礼拝堂で祈りを捧げるように両手を胸の前で組んでいると、しっぽが物陰から出てきて鳴いた。

「みゃ」

続きを催促されているように思えて、紬はいっそう張り切った。掃除を再開し、続きを歌うと、しっぽの長いしっぽが歌に合わせて動き始めた。リズムに乗っているみたいだ。紬は笑顔で歌った。

わたしは土鍋、あなたも土鍋
土鍋、土鍋、土鍋、土鍋
みんなで食べれば美味しいよ
一人で食べても楽しいかも

○

わたしは、独りぼっちに——お腹の赤ちゃんと二人だけになってしまうのだろうか？

何度もそう考えた。考えないようにしていても考えてしまう。不安で不安で仕方がなかった。身体が震える。両手の指先が冷たくなって、背筋が凍える。吐く息まで震えていた。

月島《つきしま》みのりは両腕で身体を抱えるようにして、十二月の孤独で寒い道を歩いた。どうしようもなく寂しいのに、誰にも会いたくなかった。わざと人通りの少ない道を選んで歩いた。

みのりは、今年三十二歳になった。妊娠三ヶ月で、初産を控えている。夫は高校時代の同級生の努《つとむ》だ。高校一年生のときから恋人同士だった。彼と結婚して三年になる。お腹にいるのは、もちろん努の子どもだ。

夫婦仲はよく、ともに市役所勤めで生活は安定している。育児休暇も取ることができるはずだ。今日だって有休を取った。

自分は恵まれていると思っていた。実際、何の不自由もない暮らしがあった。幸せいっぱいだった。

子どもができて嬉しかった。

お母さんになるのが夢だった。

その夢が叶おうとしているのに、みのりの表情は暗い。表情だけではなく気持ちも落ち込んでいて、油断すると泣いてしまいそうだった。

「まだ泣いちゃダメ」

みのりは言った。自分に言い聞かせるように呟いたその言葉に、唇が冷たくなった。そのときを想像してしまい、背筋がいっそう冷たくなった。

まだって何？　まだじゃない。

ずっと泣かずに暮らしていくんだから。泣くようなことが起こるわけがないんだから。絶対に起こらないんだから。

自分を叱るように、呪文のように唱えた。声に出さずに呟いた。絶対に大丈夫だから、と祈るように言った。

目的地に近づくにつれて、自動車の行き来が激しくなった。けれど歩道を歩いているのは、みのりだけだ。

バスが自分を追い越していき、ふと顔を上げると、大きな病院が見えた。夫が入院している病院だ。我が子を産む予定の病院でもあった。

みのりと努が暮らすマンションは、この病院から歩いて二十五分くらいの場所にある。タクシーを使うことも多いが、今日は歩いた。タクシーの運転手と話すことさえできそうになかったからだ。

腕時計を見る。早く着きすぎてしまった。午前中は医者の回診があるらしく、入院患者に面会できるのは午後からだ。夫に面会に行くと告げた時間まで、あと一時間以上もあった。

何か食べるつもりで早めに出てきたのだけど、どこにも寄らないまま、ここまで来てしまった。昨日から、ろくに食べていない。

昨日だけではなく、ずっと食欲がなかった。でも食べなければ身体がもたない。ましてや、お腹に赤ちゃんがいるのだから。

病院には立派な食堂があるが、そこに行く気にはなれない。売店もあってパンやお菓子などの軽食が置いてあるけれど、そんなものさえ食べられる自信がなかった。

自分の意思で面会に行くと決めたのに、有休を取ってまでやって来たのに、身体が重かった。病院の建物に近づくに連れて息が苦しくなり、胸のあたりがさらに重くなった。まるで鉛を飲んだみたいだ。

このままでは病院に行けない。こんな調子では夫の顔を見られそうにないし、お腹の赤ちゃんにもよくない。

そう思った瞬間、足が勝手に動いた。まっすぐ行けば着くのに左に曲がり、病院から逃げるように、細い路地に入った。みのりは細い道を歩いた。自分がどこに行こうとしているのかは、わからない。

行く当てもなく何歩か進むと、小さな鳥居が見えた。神社があるみたいだ。何となく近づいてみると、誰もいないらしく静まり返っている。平日の午前中にお参りに来る物好きはいないのかもしれない。神職もいないみたいだ。この時間だけいないのか、ずっといないのかはわからないけれど。

ひんやりとした静寂に導かれるように、みのりは鳥居をくぐった。誰もいないところに行きたかった。病院の見えない場所で休みたかった。神さまにすがりたかった。


名前も知らない小さな神社だったけど、その周囲にはちゃんと鎮守の森が広がっている。

十二月の木々は頼りないくらいに葉がなかったが、それでも社を守るように枝を張っている。鎮守の森の木々のあいだから差し込む木漏れ日は美しく、眩しい日差しが境内にあふれていた。いいところだった。みのりは深呼吸した。

いつの日か、今日のことを思い出すのかもしれない。美しい木漏れ日の話をするときが来るのかもしれない。

ふと、そんなことを考えた。昔話をする年老いた自分の姿が思い浮かんだ。今日のことを誰かに話している。病院に行く途中で寄り道をして、綺麗な神社に行ったことを話している。

けれど、そばに夫はいない。年老いた努の姿を想像することができなかった。それが神さまの意思――啓示のように思えて、みのりは固く唇を噛んだ。せっかく深呼吸したのに、いつの間にか呼吸がまた浅くなっていた。もう一度、深呼吸しようとしてもできなかった。
どうにか拝殿まで歩き、震える手を合わせて願い事を口にした。さっき思い浮かんだ想像を打ち消したくて――別の未来を手に入れたくて、神さまに祈った。無人の社に頭を垂れた。

あの人を助けてください。

生まれてくる子どもから、父親を奪わないでください。

どうか夫を死なせないでください。


余命三年。

先月、夫が病院で告知を受けた。夫はまだ三十二歳なのに、このまま病気が進行すれば三年で死んでしまうというのだ。手術をしても病気が治る可能性は低い、とも言われた。

その話を聞いて、目の前が真っ暗になった。何も見えなくなった。そして今も暗闇は続いている。

明けない夜はないというけれど、この夜が明けた先には何があるのだろうか？

夜より暗い朝がやって来るのではなかろうか？

神さまはいつだって残酷で、人間の都合など考えてくれない。子どもが生まれるのもお構いなしに命を奪い取ろうとする。

それでも祈るしかなかった。無力な自分は、残酷で自分勝手な神さまに願うしかなかった。夫の病気が治ってほしい、死なないでほしい、と手を合わせた。願いが届くかはわからない。みのりにはわからない。

そのあいだ、神社には誰も来なかった。観光地でもない小さな神社に来る人間などいないのかもしれない。

静かで落ち着くが、長居できる場所はなかった。吹きさらしだからなのか、ひどく寒い。妊娠している身としては、のんびりできない。

みのりは参拝を終えると、正中を避けて参道の端を歩いて神社を出た。改めて腕時計を見る。さっき見たときから十分と経っていなかった。時計の針は進まない。まだ面会まで時間がある。

「これからどうしよう？」

呟くと、迷子になった子どもみたいな声が出た。冬の寒さが身に染みて、骨の髄まで凍えそうだ。お腹の赤ちゃんも、きっと寒がっている。少し早いけれど、もう病院に行ったほうがいいのではなかろうか？

その看板が目に飛び込んできたのは、そう思ったときのことだった。袖看板というのだろうか。小さなものが建物にくっついていた。
それは、陶器で作ったような猫形の看板だったが、角度が悪いらしく太陽の光が反射していて、みのりの場所からは何が書いてあるのかよく見えない。
そんな看板は町中の至るところにあるのに、なぜか、このときだけ気になった。何の店だろうと思いながら歩み寄ると、ちゃんと文字を読むことができた。淡い色合いのフォントで店の名前らしきものが書いてあった。

しっぽ食堂

その下に土鍋を模したプレートが貼ってあって、食堂の説明らしき言葉が並んでいた。

土鍋料理と定食、猫の店
（しっぽの長い猫がいます）

みのりは、くすりと笑った。猫がいるという注意書きは必要だとしても、しっぽが長いことまで書かなくてもいいのに。でも、店名が『しっぽ食堂』だからアピールしているのか。

たったこれだけのことなのに、いくらか気持ちが軽くなった。作り笑いでなく笑ったのは、久しぶりだった。しっぽの長い猫を見てみたいと思った。また、夫が病院の近くに美味しい食堂があると言っていたことを思い出した。この店なのかはわからないけれど、努に導かれたような気もした。

「ごはん、食べていこうかな」

自然と言葉が出た。今さらだが、妊娠しているのだから食べなければダメだ。お腹の赤ちゃんのためにも食べたほうがいい。鍋料理は重すぎるけれど、軽い定食ならどうにか食べられるような気がした。

看板から目を離して、建物全体を見た。古民家風の店構えで、落ち着いた雰囲気が漂っている。きっと静かな店だ。ここなら少しのあいだだけでも、辛い現実を忘れることができるかもしれない。そういう意味では、さっきの神社に似た雰囲気の場所だった。

「こんにちは」

みのりは店の中に声をかけながら、食堂の格子戸を引いた。ガラガラと懐かしいような音が鳴った。

「いらっしゃいませ！　しっぽ食堂へようこそ！」

元気な女の子の声が出迎えてくれた。古民家風の建物に不似合いとも言えるハキハキした声だった。ちょっとファミレスの店員みたいでもある。

若い女性と言うべきなのだろうが、「女の子」という感じの声だった。みのりより、たぶん年下だ。

その声を発したのは、作務衣を着た二十歳くらいの女性だった。高校生でも通用しそうな可愛らしい顔をしていて、足もとには三毛猫がいた。

「みゃ」

土鍋形のプレートに書かれていた通り、しっぽの長い猫だった。ものすごく長いわけではないが、けっこう特徴的だ。エジプト座りというのだろうか。みのりを出迎えるように、行儀よく座っている。

「猫さん、こんにちは」

みのりがそう挨拶をすると、返事をしてくれた。

「みゃん」

女の子の足もとで、長いしっぽをぴょこぴょこと動かした。女の子だけでなく、三毛猫も可愛い。

だが印象的なのは、女の子と猫のふたり組だけではない。見るべきものは、他にもあった。それは、食堂の内装だ。

磨き上げられて黒光りする床や壁、天井、テーブル、椅子が並び、壁一面に作られた棚には、土鍋や器、カップ、箸置きなどが展示されている。ざっと見ただけでも、百個はあるだろうか。

それなのに狭苦しくは感じない。客に圧迫感を与えないように、広々としたスペースが取られている。

まさに古民家風だ。空間の使い方が違う。現代の店では、滅多にお目にかかれない贅沢な作りだった。

「素敵なお店ですね」

「ありがとうございます！」

女の子が、ぴょこんと頭を下げた。その隣で、三毛猫が「みゃん」と鳴いた。コンビのように息が合っている。古民家風の建物と馴染んでいるような、それでいて不似合いなような不思議なふたり組だ。でも、おかげで身構えずに、自然に話しかけることができた。

「お名前を聞いてもいいかしら？」

三毛猫を見ながら質問すると、女の子が答えた。

「はい！　悠木紬です！」

……言葉が足りなかったようだ。三毛猫の名前を聞いたつもりだったのだが、女の子の名前が返ってきてしまった。

女の子は、まだ自分の間違いに気づいていない。このままやり過ごそうか。それとも勘違いを正すべきか。決めかねていると、奥から男性の声が聞こえた。

「あんたの名前を聞いているんじゃないと思うが」

声を伝うように視線を動かすと、キッチンらしき場所から、二十代半ばくらいの男性が出てきた。若いのに貫禄がある。女の子——悠木紬とおそろいの作務衣を着ていた。夫婦だろうか。それとも、きょうだいだろうか。

「え？　わたしの名前じゃない？……あっ」

ようやく気づいたらしく、悠木紬が顔を赤らめた。男性はそんな彼女に優しく微笑んで見せてから、みのりに向き直り、三毛猫の名前を教えてくれた。

「うちの看板猫の『しっぽ』です」

「しっぽ、くんですか？」

みのりが聞くと、今度は意図が通じたらしく、悠木紬が答えた。

「はい。男の子です。もう大人の猫ですけど」

「みゃあ」

声に反応しただけだろうが、しっぽが頷くように鳴いた。みのりは、また笑った。笑顔になった。

男性の名前は、中堂陸というらしい。この店の主だった。聞いてもいないのに、悠木紬が教えてくれた。

「顔は怖いけど、いい人です」

「そんなに怖いか？」

中堂陸が真顔で聞いている。その会話だけで仲がいいんだとわかった。ちなみに、二人は夫婦でもきょうだいでもないようだ。どんな関係なのかはわからないが、しっぽも交えて家族みたいに見える。

「それでは、お席にご案内いたします」

悠木紬がペコリと頭を下げた。中堂陸は、みのりに一礼してキッチンらしき場所に戻っていった。しっぽは首を傾げている。

店内は空いていて、みのりの他に客はいなかった。案内されたのは、窓際の広いテーブルだった。

「こちらでよろしいでしょうか？」

「もちろんです。ありがとう」

みのりは答えた。改めて悠木紬を見て、「あれ？」と言いそうになった。どこかで見たことがあるように思えたのだ。けれど、たぶん気のせいだ。もしくは勤務先の市役所で会ったのかもしれない。仕事で窓口に座ることがある。最近だと、マイナカード発行関係の業務も担当したから、多くの市民と顔を合わせている。

「少々お待ちください」

悠木紬がお辞儀をして、キッチンへと向かっていった。お茶やメニューを取りに行ったのだろう。テーブルには、それらは置かれていなかった。

何もすることがない。スマホを触る気にもなれなくて、ぼんやりしていると床に座っていたしっぽが小さく鳴いた。

「みゃ」

そして、とことこと歩き始めた。急ぐでもなく店の壁際のほうに向かっていく。視線を動かすと、そこには少し大きめの土鍋が床に置いてあった。

なぜ、床に土鍋があるんだろう？　猫の餌置きや水飲みとして使っているのだろうか？　それにしては何も入っていないようだけれど。

みのりが疑問に思っているあいだに、しっぽは土鍋に辿り着いた。餌置きでも水飲み場でもなかった。

「みゃあ……」

大きく欠伸するように鳴いて、土鍋に入っていったのであった。不思議なくらい身体が丸まって、土鍋にぴったりと収まった。

「あ、ねこ鍋」

思わず呟き、まじまじとその様子に目をやった。ＳＮＳやネットニュースで見たことがあったけれど、実物を目の当たりにするのは初めてだ。

最初にネットで見たときには、猫がいじめられているのかと思った。虐待を疑ってしまうくらい窮屈に見えたのだ。

だが、そうではなかった。猫は土鍋や鍋が好きなのだという。形状が、猫の丸みにフィットするのかもしれない。もともと猫は、狭い場所に入り込むのが大好きだ。安心するみたいだ。今も、しっぽは気持ちよさそうに丸くなっている。

どんな場所を居心地がいいと感じるかは、それぞれだ。人間だって窮屈そうに見えても、気持ちが落ち着く場所がある。きっと猫にも人間にも、ぴったりの場所があるのだろう。

ねこ鍋を見ながら、また夫のことを考えた。いつでも彼のことを思う。みのりにとってのぴったりの場所は、努の隣しかない。夫のそばで、猫みたいに丸くなっていたかった。彼に守られて、彼を守って生きていきたい。お腹の子どもと一緒に暮らしたい。

でも。

だけど。

もう無理なのかもしれない。みのりの力では、あの病気から夫を守ることはできない。手術を受けても、治らない確率のほうが高いという。しかも、その手術には危険が伴うのだ。

みのりは深呼吸し、自分の頬に触れてみる。頬が乾いていることに安堵する。泣いていなかった。わたしは、まだ、泣いていない。小さく息を吐いて、無理やり背筋を伸ばした。気を確かに持とうとした。

そんな真似をしたって、夫が元気になるわけじゃないのに。死へのカウントダウンは始まっているのに。

伸ばしたばかりの背中が丸まった。無力感に襲われていると、キッチンから足音が戻ってきた。

「お待たせいたしました」

中堂陸は言った。悠木紬の姿はなかった。そして、彼はお茶を持ってきたのではなく、料理を運んできていた。お盆に小さな土鍋が載っている。蒸気穴から湯気が立っていた。

「ええと……。これは……」

「本日のおすすめです」

当たり前のように中堂陸は答えたけれど、この状況はおかしい。決まったメニューがなく、おすすめ料理だけを提供する店もあるだろうが、その場合には事前に説明があるはずだ。

しかし、みのりは何の説明も聞いていない。値段も聞いていなかった。

「まだ注文していませんが」

警戒しながら固い声で言うと、中堂陸が「ええ」と頷き、土鍋をテーブルに置いた。料理との距離が近くなったからだろう。まろやかな香りを感じた。懐かしいにおいだった。一生忘れないであろう思い出の料理のにおいがした。

「これって……」

みのりは呟いた。囁くような声になってしまった。自分の耳にさえ届かなそうな小さな声だった。

その声が中堂陸に聞こえたのかはわからない。彼は土鍋の蓋を開けて、まろやかな香りのする料理を紹介した。

「土鍋で作った豆乳シチューです」

○

誰にでも、思い出のごはんがあるはずだ。生きているかぎり絶対に忘れない料理がきっとある。

みのりにとっては、豆乳シチューがそれだった。努が結婚前に——市役所に就職する少し前に作ってくれた料理だ。

努は料理が得意だった。すでに実家を出て、アパートで一人暮らしをしていることもあって、彼の部屋でごはんをよく一緒に食べた。たいていは努が作った。

このときの豆乳シチューもそうだった。使い込んだ土鍋で、温かい料理を振る舞ってくれた。

「土鍋のシチューって優しい感じがするよね」

みのりが言うと、努は頷いた。

「土鍋料理は、低温で長時間かけて調理することが多いんだ。結果として、食材の繊維がほぐれて柔らかくなって優しい味になる。土鍋自体に温かみを感じる人間も多いしね」

「ふうん」

自分で聞いておいて、適当に返事をした。どこまで本当なのかわからないが、土鍋シチューが美味しいのは本当だ。

まろやかで、意外にコクもある。ベーコン、玉ねぎ、じゃがいも、人参と具材もたっぷり入っていて、そこに黒胡椒をかけて食べた。ごはんが進む味だった。

だけど、わざわざ豆乳で作る理由がわからない。豆乳は加熱しすぎると分離する性質があるから、牛乳で作ったほうが簡単だ。そのことを口にすると、努がふたたび真面目な顔で答えた。

「豆乳は低脂肪で低カロリーだからさ。牛乳に比べて脂肪やコレステロールの含有量が少ない。それに豆乳はビタミンやミネラル、植物性タンパク質が豊富なんだ」

「ふうん……。健康的ね」

また適当に相づちを打った。ときどき彼は理屈っぽい。蘊蓄が長く続くこともあった。

だが、このときは違った。次の台詞を言うための布石だったみたいだ。努は大きく深呼吸をしてから、みのりの顔をまっすぐ見て言葉を紡いだ。

「ずっと元気で、いつまでも一緒にいたい。君と結婚したい。おれと結婚してくれないか」

プロポーズだった。この言葉を言うために、わざわざ豆乳シチューを作ったのかもしれない。

真面目で融通の利かないお人好し。初めて会ったときから彼は変わっていない。バラの花束を用意しろとまでは言わないけれど、土鍋の前でプロポーズされるとは思わなかった。ある意味、努らしい。

何秒か考えた。

何秒かしか考えなかった。

結婚するのなら、相手は彼以外に考えられない。ロマンティックな雰囲気の欠片もない彼のことが好きだった。一緒に暮らしたいと思っていた。ずっと、ずっと一緒にいたい。

「うん。結婚する」

そう言って笑ったはずなのに、なぜか涙がこぼれた。人は幸せなときにも泣くみたいだ。

「ありがとう」

「ありがとう」

二人で同じ言葉を言い合って、今度こそ笑った。同時に笑った。泣きながら、たくさん笑った。

○

乾いていたはずの頬が濡れた。触れてみなくてもわかる。土鍋を見て涙を零すなんてバカみたいだけど、泣かずにはいられなかった。夫のせいだ。努のせいで泣いてしまった。

ずっと元気で、いつまでも一緒にいたい。そんな努の言葉を思い出し、嘘つきだと叫びたい気持ちになった。病気になってしまったら元気じゃないし、死んでしまったら一緒にいることはできない。

「約束したのに……」

心の中で呟くと、熱い固まりが込み上げてきた。嗚咽《おえつ》が零れそうだった。声を上げて泣いてしまいそうだった。我慢していたものが、堰を切って流れ出してしまいそうだった。

この悲しみの洪水に呑み込まれたら、二度と浮かび上がって来られなくなってしまう。二度と立ち上がれなくなってしまう。

溺れないように必死に抗ったけれど、嗚咽を押し返すことはできなかった。身体を起こしていることさえ辛くなり、テーブルに突っ伏して泣きそうになったとき、猫の鳴き声が聞こえた。

「みゃん」

呼ばれたような気がして、みのりはそっちを見た。しっぽが土鍋から顔をあげて、こっちを見ていた。

三毛猫と目が合った。しっぽは優しい目をしている。水没しそうになっている自分を心配しているみたいに思えた。

「ありがとう……」

声に出して呟くと、悲しみの渦が少しだけ遠ざかったように思えた。みのりは涙を拭った。

泣いたことに気づかなかったはずはないのに、中堂陸が何事もなかったかのように言ってきた。

「温かいうちに、お召し上がりください」

テーブルには、湯気の立つシチューがある。美味しそうなにおいがしている。土鍋は保温効果が高く、簡単には冷めないだろうけれど、早く食べたほうがいいことは確かだ。

「取り分けましょうか？」

「ええ。お願いします」

みのりが頷くと、中堂陸が豆乳シチューを器によそってくれた。この器は、信楽《しがらき》焼《やき》だろうか。素朴な感じのする黒い陶器だった。乳白色のシチューが、いっそう美味しそうに映えて見える。

「まずは、これくらいで。どうぞ」

中堂陸に言葉少なにすすめられた。相変わらず説明はないけれど、それでいいような気がするのが不思議だ。

「いただきます」

みのりは、両手を軽く合わせながら言った。子どものころからの習慣だ。どんなに嫌なことや悲しいことがあっても、この言葉は欠かさない。食べ物に感謝しろ、と両親に教えられた。「いただきます」と言うたびに父母の顔が思い浮かぶ。

さっきまでとは別の涙があふれそうになって、それを誤魔化すように器に視線を落とした。手作りらしき木製のスプーンが添えてある。

そのスプーンで豆乳シチューを掬って、火傷しないように用心しながらそっと口に含んだ。

ほんのり甘く柔らかな大豆の香りが鼻をくすぐり、滑らかでシルクのような舌触りのスープが口いっぱいに広がった。美味しかった。とてもとても美味しかった。けれど、みのりはすぐにスプーンを置いた。一口食べただけで、やめてしまったのだった。豆乳シチューが出てきたことが偶然ではないとわかったからだ。やっぱり、この店はおかしい。

努が作った豆乳シチューは、和風の味付けで味噌が使われていた。しっぽ食堂のシチューも同じ味がする。

和風シチューに味噌を使うのは珍しくはないのかもしれないけれど、病院に行こうとしているこのタイミングで、しかも注文したわけでもないのに出てきたのを偶然と片付けるのは無理がある。

何より、努の作ったシチューに似すぎていた。味付けもそうだが、ベーコンや野菜の切り方までそっくりだった。大雑把で、料理人の切り方ではなかった。この答えは、一つしか思い浮かばない。

「夫を——月島努を知っているんですか？」

「ええ。何度かお目にかかっています」

あっさり認めた。だが、それ以上の説明をせず、反対に聞いてきた。

「月島みのりさんですね」

「……どうして、わたしの名前を知っているんですか？」

さらに警戒しながら問うと、「病院で努さんから伺いました」と中堂陸が答えた。予想もしていない返事だった。

「病院で？」

「ええ」

中堂陸は頷き、みのりの知らなかった話をしてくれた。それは、夫の物語だった。

入院している月島努の物語だ。

動けないわけではない。ずっとベッドに横たわっていなければならないわけでもない。重い病気にかかって余命宣告を受けたけれど、歩くことくらいはできる。まだ歩ける。

〇

月島努は、病院に入院している。その日の状態にもよるが、なるべく身体を動かすように担当医からも言われていた。運動が必要ということもあるだろうけれど、精神衛生上の問題が大きいような気がする。一人で病室に一日中いると、気が滅入ってしまう。悪いことばかり考えてしまう。

努が入院している病院には屋上庭園があり、散歩や外気に触れて気分転換をすることができる。入院患者も面会者も使うことが可能だ。たいていは誰かがいて、売店で買ったパンやおにぎりを食べていたりする。

努は、屋上庭園が好きだった。身体の調子や天気が悪くないかぎり、屋上庭園に出て外気を吸うようにしていた。

この日もそうだった。看護師に声をかけてから屋上に行った。付き添いなしで、一人で行った。

十二月にしては暖かい日だったから、努は屋上庭園のベンチに座って、生まれ育った町を眺めた。

遠くに家やマンションが見える。人間の営みがある。道路に目を向ければ、自動車が列をなして走っている。バイクや自転車も見えるし、歩いている者やジョギングしている者がいた。

少し前まで自分もそこにいたのだけれど、もう、あの場所には戻れないのかもしれない。自分の病気のことは、骨身に染みてわかっていた。担当医から聞きたくない話まで聞いている。助かる可能性は、ほとんどないとも言われた。

「もう終わっちゃったのかなあ」

声に出さず古い映画『キッズ・リターン』の台詞を呟いてみた。努が本当に好きなのは、この続きの言葉だ。映画史に残る有名なシーンに出てくる。けれど、その台詞は口にしなかった。その代わり呟いた。

「いい天気だな」

今度は、声に出して言った。こうすることで嫌な考えを追い払おうとしたのだ。だが少しだけ声が大きすぎたようだ。

隣のベンチに座っていた若い男が、こっちを見た。病院に不似合いな逞《たくま》しい体格をしている。ときどき見かける男でもあった。目鼻立ちは整っているが、愛想のいい顔をしていなかった。努の声がうるさかったのかもしれない。

「すみません」

と独り言を謝ったつもりで頭を下げると、男は話しかけられたと思ったらしく返事をした。

「そうですね。冬なのに暖かい」

見かけによらず穏やかな声をしていた。この若い男が中堂陸だった。これが彼との出会いだ。

○

「それで話すようになったんです」

中堂陸は言った。愛想がいいとは言えない顔をしているのは相変わらずだが、頬のあたりに苦笑いが浮かんでいる。

みのりには、その笑みが不思議だった。どうして困ったように笑っているのかわからない。笑う場面なのだろうか？

そう思ったことが顔に出たらしく、中堂陸が疑問に答えるように、どこか言い訳するように言った。

「病院で惚気《のろけ》を聞いたのは初めてだったんで」

とたんに頬が熱くなった。その言葉を聞いただけで、何があったのか――夫が中堂に何を話したのか予想がついたのだ。

彼はみのりを愛してくれている。それはすごく嬉しいのだけれど、何の脈絡もなく嫁自慢をすることがあった。そのたびに赤くなってしまう。病院で、しかも初対面の相手に惚気るなんて——。

でも夫の気持ちを慮るならば、入院していると決まった人間としか話さなくなるので、みのりや病院関係者以外と話したくなったのかもしれない。努は話し好きな性格をしていた。

ふいに中堂陸が笑みを消し、静かな口調で言ってきた。

「病気のことも伺いました」

夫はプロポーズの思い出を話したあと、自分の病気を——余命宣告されたことをしゃべったようだ。

なぜ、そこまで話したのかはわからない。相手が同じ病気にかかっているのなら話すこともあるだろうが、中堂陸は元気そうに見える。病院に何をしに行ったのか不思議に思えるくらいだ。

それでも、夫が中堂陸に何を話したのか——自分の病気をどう思っているのか気になった。

どうしてだかわからないけれど、上手く説明できないけれど、この男になら、中堂陸になら本音を打ち明けそうに思えたのだ。病気になると苛々するものだ。みのりに不満もあるだろう。

「夫は、他に何か言っていましたか？　例えば病気のこととか、わたしのこととか……」

単刀直入に聞いたつもりが、消え入りそうな声になってしまった。聞くのが怖かったのだ。

「ええ。聞いたまま、お伝えします」

中堂陸はそう答えてから、病院で聞いたという努の言葉を口にした。

　みのりと一緒に暮らせて幸せだった。

　……聞かなければよかった。これは遺言だ。余命宣告を受けたのだから当然なのかもしれないが、彼は死を覚悟している。みのりは胸が痛くなった。氷のような冷たい手で心臓を握られたみたいに痛い。

　唇を噛み締めて、その痛みに耐えようとした。苦しみや辛さをやりすごそうとした。慣れなければいけないのかもしれない、とも思った。

　彼が死んでしまえば、この痛みと苦しみは永遠に続くのだから。夫のいない世界で生きていかなければならないのだから——。

　だが遺言ではなかった。努の台詞は終わっていなかった。

「それから、こんなふうに言っていました」

中堂陸はそう前置きをして、夫の言葉を伝えてくれた。努とは似ても似つかない野太い声で言った。

この幸せを諦めるつもりはありません。
だって、子どもが生まれてくるんですよ。
これからもっと幸せになるのに、
死んじゃったらもったいないでしょう。

病院の屋上庭園で、努はそんなふうに言った。眩しい光を全身に受けながら、何の衒《てら》いもなく中堂陸に語った。

ベンチに座って未来を語る夫の姿が思い浮かんだ。はっきりと努の顔が見える。その顔は絶望していない。死を覚悟なんかしていなかった。生き抜こうとする強い意思に——明日への希望にあふれていた。

そうだった。彼はそういう人間だった。いつだって前向きで理想ばかりを追いかけている。

この世界では、常に誰かが泣いている。病気に苦しみ、貧困や将来への不安に押し潰され、強者に踏み躙《にじ》られる。市役所に勤めていると、嫌でもそんな光景を目にする。見たくなくても、見なければならない。

それでも彼は負けなかった。幸せな明日が来ると信じていた。泣いている人間がいなくなるようにしたい、と本気で言っていた。

中堂陸の話には、まだ続きがあった。

「そのとき、みのりさんの写真を見せてもらいました」

どの写真の話をしているのかは想像できる。努がスマホの待ち受けにしているやつだろう。プロポーズをされたとき、彼の部屋で撮った写真だ。二人で顔を寄せるようにして写っている。ちゃんとおぼえている。細部まで目に焼きついている。

「今度は、家族三人の写真を待ち受けにするって言っていました」

努とみのり、それから生まれてくる赤ちゃん。その三人で写真を撮る、と努は言っているのだ。

これからもっと幸せになる。

夫の言葉が、頭の奥で何度も聞こえた。予言のようでもあり、美しい宝石のようでもあった。その宝石は温かくて優しい。みのりを癒やしてくれる。

涙が頬を伝い落ちた。いくつもの滴が、テーブルの上に落ちて弾けた。そして歪《いびつ》な水玉模様を作った。

わたしは、バカだ。

どうしようもないバカだ。

ずっとビクビクしていた。夫が病気だとわかってから、失うことばかりを考えて怯えていた。

まだ何も失っていないのに、すでに、すべてを失ってしまったような気持ちになっていた。幸せだった時間が終わってしまったと決めつけていた。幸せになることを諦めていたのだ。

生きることは大変で、この世はままならない。息をしているだけで苦難が襲いかかって来る。今までもそうだったし、きっと、これからも変わらない。絶望して死にたいと思うこともあるはずだ。

夫だって、ずっと前向きな気持ちでいたわけではないだろう。治療は先が見えず、辛くて苦しい。

けれど、彼は幸せを諦めないと決めた。負けないと決めた。苦難を受け止めて、恐ろしい病気に立ち向かうと決めたのだ。

だったら、自分も落ち込んでいる暇はない。彼が嫁自慢をするように、みのりにとって努は自慢の夫だ。誰にも見せたことはないけれど、スマホの待ち受けは努とおそろいだ。

わたしも諦めない。幸せを諦めない。諦めてたまるか。家族三人の写真を待ち受けにするんだ。

彼が病気と闘うのなら、一緒に闘おう。自分が倒れそうになったときには、夫に支えてもらおう。そして彼が倒れそうになったときは、全力で支えよう。それが夫婦だ。みのりの考える夫婦だ。

人生は終わっていない。こんなところで終わるわけがない。みのりは、夫のお気に入りの古い映画の台詞を思い出した。

おれたち、もう終わっちゃったのかなあ。

バカヤロー、まだ始まっちゃいねえよ。

その通りだ。まだ何も始まっていない。みのりの人生なのだから、夫と二人の物語なのだから、始まりだって自分で決めるべきだ。

まずは病院に行って彼を抱き締めることから始めよう。愛しているという言葉から始めよう。

○

結局、たくさん泣いてしまった。

涙は止まったけれど、まだ、みのりの頬は濡れている。目は潤んだままだ。だけど、それは絶望の涙ではなかった。

「ありがとうございました」

改めてお礼を言った。この食堂に来たおかげで――中堂陸のおかげで前を向くことができた。

「いや、おれは何も……」

中堂がごにょごにょと言った。照れているのだ。あらぬ方向を見て、困ったような顔をしている。見かけによらずお人好しで、不器用みたいだ。微笑ましく思える一方で、疑問が胸にあった。


どうして、病院にいたんですか？


夫と話すようになる前から、病院に通っていたみたいだ。何か持病でもあるのだろうか？　もしくは、誰かが入院しているのだろうか？

聞いてみようかとも思ったが、病気は個人情報の最たるものだ。気になったからと言って、赤の他人が聞いていいものではない。夫のように自分から話さないかぎり、触れずにいたほうがいい。

また、質問する暇もなかった。みのりの疑問を遮るように、元気な声が食堂に響いた。

「土鍋ごはんが炊き上がりました！」

悠木紬の声だった。土鍋を載せたお盆を持って、キッチンから出てきた。しばらく姿を見せなかったのは、キッチンで土鍋の番をしていたからだったみたいだ。

優しいごはんのにおいがする。幸せな明日の足音が聞こえる。しっぽが土鍋から出て、鼻と耳を動かした。みのりは微笑むことができた。美味しいごはんと元気な足音、可愛い三毛猫のおかげだ。

中堂陸が唇の端を持ち上げるようにして笑い、みのりに向かって言った。

「たくさん食べてください。土鍋で炊いたごはんは旨いですから」

この食堂は、やっぱり問題だ。シチューと言い、炊きたてのごはんと言い、美味しそうなものばかり出すなんて問題だ。みのりを太らせるつもりに違いない。

「はい。たくさん食べます」

笑いながら返事をして、箸と茶碗を受け取った。お腹の赤ちゃんの分まで食べるつもりだった。

第三話

先生のトースト

Episode 3

昭和五十七年、桂木由子《かつらぎゆうこ》がまだ二十代だったころ、六十五歳以上の高齢者が全体に占める割合は10パーセントに満たなかった。それが今や三人に一人は六十五歳以上だという。

確かに、最近はどこへ行っても年寄りばかりが目につく。いや、年寄りと言ってはいけないのかもしれない。

人生百年の時代に、六十五歳はまだ若い。人生はたくさん残っているし、昔のような「老人」というイメージもなくなった。スポーツジムで身体を鍛え、旅行や仕事と活発に動き回っている高齢者も少なくない。

今年、由子は六十五歳になった。病院に行くと「少し痩せたほうがいいですよ」と言われる体型をしているけれど、血圧が高いくらいで、とりあえず健康状態に問題はないみたいだった。

二十代のころから——この仕事が「保母」と呼ばれていた時代から保育士をやっていて、現在は私立保育園の雇われ園長をやっている。就任して、もう十年になるだろうか。園長になる前の一《いち》保育士だったころからここで働いているから、かれこれ二十年以上も同じ保育園に勤めていることになる。

消去法でこの仕事に就いたわけじゃない。子どもが好きだったし、保育士という仕事に誇りを持っていた。死ぬまで保育士でいたいと思っていたけれど、その願いは叶いそうになかった。

病気になったわけでも、体調を崩したわけでもない。保育園側の事情だった。もっと言えば、世の中が変わってしまったせいだ。

先月、由子を雇っている保育園の理事長に頭を下げられた。わざわざ園長室まで来て謝った。

「今年度いっぱいで園を閉めることになりました。本当に申し訳ありません」

この理事長は、まだ四十代の若い男性だ。由子を園長として雇ったのは、先代の理事長――彼の母親だった。由子より七歳上の優しい女性だったが、一昨年の暮れに他界してしまった。そして息子である彼が跡を継いだ。

そのことに文句はなかったし、難しい時代に跡を継がなければならなかった彼に同情もした。

保育園や幼稚園などの公立・私立の児童施設において、保護者が希望するにもかかわらず、入所できない『待機児童』が問題になっているが、地域によっては園児の集まらない保育園もある。由子の勤める保育園のある地区もそうだった。子どもがいないのだ。入園者が右肩下がりに減り続けていた。経営が楽なはずはない。また、保育士を集めることにも苦労しているようだ。

保育園経営の厳しさは知っていた。いつか、このときが――保育園を閉めなければならなくなるときが訪れる、と予想もしていた。自分が園長でいるあいだは大丈夫だろう、という根拠のない身勝手な願望のようなものも持っていた。

しかし、来てしまった。最後の日が訪れようとしている。もちろん、反対したかった。保育園を閉めないでくれ、と言いたかった。若い保育士や園児のためにも続けてほしかった。

だが、由子に反対する権利はない。あったとしても、それを使う気にはなれなかった。雇われ園長にすぎないからという理由ではない。閉園することに責任を感じていた。園児が減っていくのを指をくわえて見ていたのだから。

理事長にしても由子の意見を聞きに来たのではなく、閉園するという決定を伝えに来ただけだ。反対しても決定が覆ることはない。

悔しくて悲しくて、それから寂しかった。けれど、由子にできる返事は一つしかない。

「わかりました」

明るい声で返事をしたつもりだが、成功したかどうかはわからない。理事長の顔を見られなかった。

○

十二月に入ってすぐに、少し早めの冬休みを取ることになった。当たり前だけど保育士にも有給休暇はあって、消化しないと注意される。しっかり休むのは、今の理事長の方針でもあった。

園長である由子も、ちゃんと休暇を取るように言われていた。園長が休まないと、若い保育士たちが休みにくい。

それに加えて、今回は考えなければならないことがあった。理事長に宿題を出されていた。

「ご検討いただき、年明けにでもお返事いただけると幸いです」

由子の今後の身の振り方のことだ。保育士の専門学校の講師をやってみないか、と理事長は話を持って来てくれた。

もったいない話だと思う。これから保育士を志す若者たちの力になるのは、素晴らしいことだろう。理事長から聞いた待遇も悪くなかった。

けれど断るつもりだ。教えるなんて真似が自分にできるかわからないし、新しい仕事を始める気力がなかった。

若いひとたちに保育士という職業をすすめていいのかという疑問があった。保育士の仕事は長時間労働を強いられ、給料はお世辞にも高いとは言えない。モンスターペアレンツという言葉は使いたくないけれど、常識外れの圧力をかけてくる保護者は実際に存在する。ストレスの多い職業だ。

また、将来性の問題もあった。このまま少子化が進んだ場合、保育園そのものがなくなってしまうのではないかという不安だ。なくならないまでも淘汰《とうた》されていくことは十分に考えられる。

「人生にやり直しはない、か」

意味もなく呟いた。最近の口癖だ。誰かに言うわけではないが、気がつくと呟いている。これまでの人生を顧みる時間が増えた。

由子は、独りぼっちだった。結婚したことはなく、休日に会うような友達もいなかった。きょうだいのいない一人っ子で、両親はすでに他界している。親しくしている親戚もいない。

どんな人生を歩んでいても後悔するものだというが、由子も、ときどき結婚しなかったことを後悔する。家族を持たなかったことを寂しく思う。

もちろん何歳になっても恋はできるだろうし、結婚だってできる。新しい家族を迎え入れることができる。だが、それにはエネルギーが必要だ。歳を取れば取るほど、たくさんのエネルギーが必要になる。

そのエネルギーがなかった。若いころはあったと思うが、仕事に使ってしまったような気がする。保育士は忙しく、趣味を持つ暇さえなかった。学生時代の友達と遊びに行く時間もなく、いつの間にか疎遠になった。

そうして園長にまでなったけれど、保育園はなくなり、すべてを失ってしまう。話す相手さえいない、みじめな年寄りが残った。

「保育士になんてならなければよかった」

呟いた言葉が悲しかった。思わず言ってしまった自分に失望した。けれど本音だった。

由子は、両親が残してくれた一軒家で暮らしている。二階建てで部屋数が多く、トイレと浴室が二つずつある。由子が高校生のときに、父が建てた家だ。築五十年になるだろうか。

修繕やリフォームを繰り返しているが、すっかり古びてしまった。父が死に、母が死に、そして由子も年老いた。庭も荒れている。母が生きていたころは、庭一杯に草花が植えてあったのだが、由子にその趣味はなかった。育てようと思ったこともあったけれど、結局枯らしてしまった。

三人家族なのにトイレと浴室を二つずつ作ったのは、由子が結婚したあとも、娘夫婦と一緒に暮らすつもりでいたからだろう。たぶん、孫が生まれる日を楽しみにしていた。両親は子ども好きだった。きっと、賑やかな暮らしに憧れていた。孫の相手をしたかったんだと思う。

でも、そんな日は来なかった。花嫁衣装を見せることもできずに、両親はこの世から去っていった。

「ごめんね」

仏壇に呟いた。毎日のように謝っている。こんなふうに素直に謝れるようになったのは――結婚しなかったことを申し訳なく思うようになったのは、父母が他界してからだ。

それまでは、個人の自由だと思っていた。自分には、仕事があると思っていた。園児たちがいると思っていた。同僚たちを家族だと思っていた。

だが、すべては幻だった。仕事も園児たちも、由子のものではなかった。あっという間に、何もかもが消えてしまった。もう何もない。残ったのは、両親と暮らしたこの家だけだ。

テレビを見る習慣はなく、音楽も聴かないし、本も読まない。保育の勉強をする必要もなくなった。早めの冬休みを取ったのはいいが、何もすることがなかった。

この先、どうやって生きていこうかと考えても、その答えは出ない。ぼんやりした時間だけが流れていく。

こうして死ぬまで、ぼんやりしているのかもしれない。つまらない人生だった。由子はそう思う。

○

地元の高校生だろうか。制服姿の女の子二人が、独りぼっちで道を歩く由子を追い抜いていった。

友達同士でしゃべりながら普通に歩いて――もしかすると、ゆっくり歩いているかもしれないけど、由子の何倍も足が速かった。二度と追いつくことはできないだろう。時がすぎていくように、女の子たちの楽しげな声が遠ざかっていった。

「わたしにも、あんなころがあったのよね」

そう呟いてみると、なんだか嘘をついているみたいな気分になった。自分の人生そのものが嘘だったように思えるのだ。

由子にも、若かったころや笑っていたころがあったのだろうか？　少なくとも職場以外では、もう何年も笑っていなかった。

このとき、由子は病院に続く道を歩いていた。だが病院に用事があったわけではない。そのすぐ近くにある静かな神社に向かっていた。家にいても落ち着かず、だからと言って人混みにも出る気になれない。散歩がてら神社に行ってみようと思ったのだった。

冬休みを取ってから、毎日のように神社に行っている。タクシーもバスも使わずに歩いた。歩くことは健康にいいと言うから、散歩を日課にした。できるだけ病気にはなりたくなかった。独りぼっちの部屋で寝込みたくない。入院もしたくなかった。

最近の冬は暖かいというが、さすがに十二月の風は冷たい。六十五歳の身体にこたえた。家の外に出るのが億劫になるくらい温度の下がる日もあった。それでも神社に通い続けた。

由子は鳥居をくぐり、境内をゆっくり進んだ。拝殿に向かおうとしたのだ。相変わらず静かで、誰もいない。今日も一人だと思ったときのことだ。

参道の脇に広がる茂みが、ガサガサと動いた。何だろうと思う暇もなく、猫がぴょこんと顔を出した。

「みゃ」

可愛らしい三毛猫だった。つぶらな瞳で由子を見ている。鎮守の森で遊んでいたのか、頭に枯れ葉を載せていた。いたずらっ子のようなその姿は微笑ましく、由子は猫に挨拶した。

「こんにちは」

「みゃん」

返事をするように三毛猫は鳴き、茂みから出てきた。その拍子に、頭に載せていた枯れ葉が落ちた。

「みゃ?」

落ちた枯れ葉が気になったのか、首を傾げるようなしぐさを見せたが、すぐにどうでもよくなったらしく、視線を由子に戻した。それから、こっちに向かって歩いてきた。

改めて三毛猫を見た。普通の猫より少しだけしっぽが長かったが、バランスは取れている。痩せてもいなければ太ってもいない。スタイルのいい体型をしている。猫のことはわからないけれど、成猫のような気がする。

急ぐでもなく由子のそばまでやって来ると、モフモフの身体を由子の足に擦りつけながらまた鳴いた。

「みゃあ」

コミュニケーションを取ろうとしているのだろうか？　少なくとも由子のことを嫌いではないようだ。背中が痒いだけかもしれないが、自分に懐いてくれている気がして嬉しかった。

「ありがとう」

お礼を言って、三毛猫の頭に手を伸ばした。嫌がられるかと思ったが、由子が触れても三毛猫は逃げなかった。そのまま頭を撫でた。ふんわりと柔らかく、艶のある綺麗な毛並みをしている。

「美人さんなのね」

オスかメスかわからなかったが、そんな言葉が口を衝いて出た。三毛猫は返事をしなかったが、由子を無視しているわけではなく、撫でられることに集中しているようだ。

その証拠に、気持ちよさそうに目をつぶって、ゴロゴロと喉を鳴らしている。ますます可愛らしい。癒やされる。

家に連れて帰ろうか？

ふと由子は思った。出会ったばかりなのに、すでに情が移っていた。猫と離れがたい気持ちになっていたのだ。

だけど、この三毛猫はたぶん飼い猫だ。ブラッシングされているとわかる艶やかな毛並みをしているし、人間を怖がっていない。神社に棲み着いている野良猫には見えなかった。

じゃあ、どうしてこんなところにいるんだろう？　由子は、三毛猫の小さな頭を撫でながら問いかけてみる。

「迷子になっちゃったの？　どこのおうちの猫ちゃん？」

「みゃん」

真面目な顔で小さく頷き、説明するように「みゃ、みゃ」と鳴いているが、猫の言葉はわからない。

でも、とりあえず迷子は確定みたいだ。由子はそう見当をつけて、三毛猫との会話を続ける。

「そっか。おうちがわかんなくなっちゃったのね」

「みゃあ？」

三毛猫が小首を傾げるような仕草をしたけれど、その意味はわからない。これからどうしよう？　迷子の猫を見つけた場合、交番に連れて行けばいいのだろうか？　スマホで調べてみようと思ったときのことだ。二つの足音と声が、神社に入ってきた。

「しっぽ！　どこにいるの!?」

一つは、若い女の子の声だった。何だか慌てている。パニクっているみたいだ。続いて男性らしき野太い声も聞こえた。

「おい、しっぽ!!　早く出て来いっ!!」

女の子と同じくらい慌てている。声に焦りが滲み出ていた。「しっぽ」というのは、たぶん名前だ。どう考えても、人間の名前ではなかろう。

さすがに思い当たって、由子は三毛猫に目をやった。立派なしっぽをしている。しかも、声のする方向を見ていた。念のため由子は三毛猫に尋ねた。

「あなたの飼い主さんがお迎えに来たのかしら？」

「みゃん」

今度の返事はわかった。そして、猫の名前もわかった。由子は、神社に入ってきた男女に声をかけた。

可愛い猫との出会いだけでなく、予期せぬ再会があった。三毛猫の名前を知った十分後、由子は神社の裏手にある食堂——しっぽ食堂に案内されていた。初めて来た場所だった。こんなところに食堂があることさえ知らなかった。

自分の他に客のいない店内の窓際の席に腰を下ろし、この日、何度目かになる台詞を繰り返した。

「あんなところで中堂くんと会うなんて」

神社で聞いた男性の声の主は、かつて保育士だったときに担当していた子どもだったのだ。声変わりしていて声だけではわからなかったけれど、名前も顔もちゃんとおぼえている。中堂陸——中堂くんだ。

この食堂は中堂くんの経営する店で、しっぽは看板猫だった。店の名前にするくらい可愛がられているのだろう。

「みゃん」

しっぽが鳴いた。神社から食堂に連れ戻されたあと、反省する素振りもなく床でくつろいでいた。甘やかされているみたいだ。

「変わらないわねえ」

由子はしみじみ言った。しっぽではなく、中堂くんのことだ。年相応に成長してはいるものの、幼いころの面影を強く残している。

そう言いながら、さすがに最初はわからなかったけれど、中堂くんのほうから「由子先生ですよね。中堂です」と話しかけられて、保育園時代の姿と重なった。目の奥にある優《おんな》しさは、変わっていなかった。

「昔と同じ」

そんな由子の言葉を聞いて、中堂くんと一緒に神社にやって来た女の子が口を挟んだ。

「保育園のときから、こんなだったんですか?」

興味津々なの子本人に悪気はないようだ。聞きようによっては失礼なことを言っているのだが、女の子本人に悪気はないようだ。天然というやつなのかもしれない。

中堂くんもそんな物言いに慣れているのか、怒るでもなく苦笑いを浮かべて、彼女に突っ込んだ。

「こんなとは何だ?」

「ええと……。あの……ですね……。ほ、保育園のときから……。こ……こんなに素敵だったのかと!」

しどろもどろに女の子が答えると、中堂くんがため息をついた。

「無理やり褒めなくていいから」

「無理はちょっとしかしてません!」

由子は吹き出した。このやり取りだけで仲がいいとわかる。中堂くんはもう一度ため息をつき、仕切り直すように言った。

「おれにお世辞を言っている暇があったら、先生にお礼を言ってくれ。先生のおかげで、しっぽが見つかったんだからな」

「ありがとうございます」

女の子──紬ちゃんが、素直に頭を下げた。もう何度もお礼を言われている。事情も聞いた。店の空気を入れ換えようと窓を開けた瞬間、しっぽが逃げ出したのだという。

「いつも逃げ出したりしないのに」

紬ちゃんは、しょんぼりしている。そんな仕草も可愛らしい。最初、中堂くんの結婚相手かと思ったが、恋人どころか友人でさえなく、この店でアルバイトしているだけだった。

「雇ってもらったばかりなんです。失敗ばかりしています」

「みゃん」

しっぽが合いの手を入れた。声に反応して鳴いただけなのだろうけれど、タイミングがよすぎた。紬ちゃんの言葉に同意したみたいに思えた。由子は笑い出しそうになったが、ここで笑っては申し訳ない。ぐっと堪えていると、中堂くんがフォローするように言った。

「あんたの本業じゃないんだから失敗もするさ」

「本業?」

話についていけず由子が聞くと、中堂くんが紹介するように返事をした。

「歌手なんですよ。地方局ですが、テレビにも出ていました」

番組名も教えてくれたけれど、由子は知らなかった。申し訳ないが、紬ちゃんのことも知らない。

そう思ったことが顔に出たのだろう。紬ちゃんがきちんと名乗った。

「『くるりプロダクション』の悠木紬です」

「え？　くるり？　もしかして――」

大声を出してしまった。やっぱり紬ちゃんのことはわからないが、プロダクションの名前に心当たりがあったのだ。

「はい。たぶん、そのくるりです。小糸くるりの事務所に所属しています」

「す……すごい」

息を呑んだ。ここで、その名前が出てくるとは思わなかった。小糸くるりと知り合いではないが、名前も顔も、その歌声も知っている。

知っているどころか、大好きだった。大ファンだった。小糸くるりのレコードも持っているし、同僚と一緒に行ったカラオケで歌ったこともあり、ファンクラブに入っていたこともある。いつの間にか閉鎖されてしまったけれど。

ずっと前に、君津市でやったコンサートにも行った。そのポスターに書いてあったキャッチコピーは、由子の心に刻まれている。

スパンコールの雨が降る。
千葉県君津市が生んだ歌の女王。

あの小糸くるりだ。由子と同世代の地元民なら、誰でも知っているのではなかろうか。

君津市を代表する有名人で、彼女の歌う『真夜中の内房ラプソディー』は名曲だ。年末の某歌合戦に出るのではないか、という噂があったほどにヒットした。

それだけではなく、小糸くるりの少し太めの体型が、由子によく似ていた。どことなく顔立ちも似ていて、同世代ということもあって親近感があった。同級生のように思っていた。

懐かしかった。小糸くるりと話したことさえないくせに、友達のその後を聞いたみたいに言ってしまった。

「くるりちゃん、社長になったんだ」

「ええ。お世話になっています」

紬ちゃんが答える。たいしたものだと思う反面、由子は悲しくなった。もう歌っていないんだ、と思ったのだった。

あんなに歌が上手だったのに、あんなに楽しそうに歌っていたのに、やめちゃったんだ。そのことが何だか悲しかった。

人生百年と言いながら、歳を取ると現場から遠ざけられる。女王でいられるのは若いあいだだけだ。いずれ仕事を奪われる。楽しそうに歌う小糸くるりは、もうどこにもいない。実際、小糸くるりをテレビで見たのは、十年以上も昔のことになるだろうか。

保育園がなくなると理事長に言われてから、由子の情緒は安定しない。ずっと乱れている。些細なことで落ち込んで涙があふれそうになる。昔のことを思い出して泣いてしまう。このときも、そうだった。急に泣きたい気持ちになった。

でも人前で泣くには、由子は歳を取り過ぎている。どうにか涙をこらえていると、しっぽが足もとで鳴いた。

「みゃあ」

寄り添うような声だった。由子を慰めてくれているんだとわかった。賢くて優しい猫だ。

けれど由子の気持ちは晴れない。しっぽを見るふりをして、うつむいた。正面を見ていられなかった。由子が泣きそうになっていることは、中堂くんや紬ちゃんにも伝わっただろう。

重い沈黙が流れた。せっかくの再会が台なしになってしまう。そう思っても、顔をあげることができなかった。

前を向いて歩こうね。

元気を出さなきゃ。


保育士だったころ、そうやって泣いている子どもたちを励ましてきた。中堂くんにも言ったことがあるかもしれない。

それなのに、今の由子は顔をあげることができない。今だけのことじゃない。保育園がなくなるとわかったときから、ずっと下を向いたまま生きている。

居場所をなくして、独りぼっちの自分に生きている価値があるのかわからなくなっていた。いろいろなことが辛かった。独りぼっちでいることが悲しかった。自分の人生の何もかもが、辛くて悲しくて仕方ない。

もう帰ったほうがいい。そう思った。食事時から外れているせいか由子の他に客はいないが、誰かが来る前に、彼の商売の邪魔をしないように帰ろう。そもそも、こんな素敵な店は自分みたいな年寄りには似合わない。

「みゃあ」

しっぽがまた鳴いたけれど、由子は視線を向けなかった。仲よくなった三毛猫に挨拶もせず椅子から腰を上げようとした。そのときのことだった。中堂くんが言ってきた。

「おれの料理を食べていってください」

最初からそのつもりで、自分の店に由子を案内してくれたようだ。大人になった教え子が、穏やかな声で聞いてくる。

「もう食事しちゃいましたか？」

「あまり食欲がなくて」

断るつもりでそう答えたのだが、中堂くんには通じなかった。

「わかりました。食欲の出るような飯を用意します」

「わたしも手伝います！」

紬ちゃんが張り切った声で言った。由子が食事をしていくと信じ切っている声だった。

「先生のために旨い飯を作ります」

中堂くんが力強く言った。教え子にここまで言われては、断ることはできない。あんなに小さかった子どもが大きくなって、こんな自分にご馳走してくれると言うのだから。

それに、もう二度と誰かにご馳走してもらうことなんてないのかもしれない。これが最期の食事になることだって、あり得る。

「……ありがとう」

絞り出すように言った。どうにか言うことができた。

二人がキッチンに行ってしまうと、店内はいっそう静かになった。大通りから外れているせいなのか、自動車やバイクの音も聞こえない。一人暮らしの自分の家にいるより静かだ。

「立派な店だわ」

今さら呟いた。広くはないけれど、清潔で趣味がいい。中堂くんは、まだ二十歳そこそこだ。その若さで店を持つことができるなんて、たいしたものだ。大変だったろうし、たくさん苦労もしてきただろう。

由子は自分が恥ずかしくなった。自分のことばかりで、久しぶりに会った教え子の話を聞いていない。

店の話にしてもそうだが、中堂くんには妹がいる。由子が担当していた子でもあった。彼女の動静《どうせい》さえ聞かなかった。質問しにくい事情もあるのだけれど。

「元気でいるわよね」

呟いた声は、願望に近かった。意地悪な神さまが、残酷な真似をしていないように祈った。本当に仲のいいきょうだいだった。中堂くんと妹が手をつないで歩く姿が思い浮かぶ。中堂くんは、いつだって妹を庇うように歩いていた。

そんなきょうだいの姿を思い出していると、由子の足もとで丸くなっていたしっぽが声をあげた。

「みゃあん」

欠伸をしたみたいだ。大きく伸びをして、とことこと歩き出した。のんきな歩き方だが、食堂から脱走した前科がある。いわば要注意猫だ。

「外に行っちゃダメよ」

由子は、少しだけ厳しく言った。場合によっては捕まえるつもりで声をかけたのだが、しっぽに脱走する意思はないようだった。

「みゃん」

わかっていると言わんばかりに返事をし、食堂の窓や入り口と反対の方向に歩いていく。中堂くんや紬ちゃんを追いかけたのかと思ったけれど、向かっている先にキッチンはなかった。

どこに行こうとしているのだろうか？　園児の行く先を確認するように、三毛猫の進む先を予想して視線を向けた。

すると、そこには土鍋が床に置いてあった。白地に、黒と茶が織り交ざったような色合いの土鍋だった。しっぽの被毛によく似ている。

どうして、あんなところに土鍋が置いてあるんだろう？　疑問に思っていると、しっぽが土鍋の前に行き、何かを確認するように用心深く鍋底をのぞき込んだ。鼻先で嗅ぐような仕草をしてから納得した声で鳴いた。

「みゃ」

そして、土鍋に身体を入れ始めたのだった。土鍋はそこまで大きくない。成猫が入れるサイズには見えなかったが、魔法みたいに三毛猫の身体が丸くなり、ぴったり土鍋に収まった。

「へえ」

声が漏れた。若い保育士や園児と接していたので、猫が鍋に入ることをまったく知らなかったわけではないが、実際に見るのは初めてだった。スマホを取り出し、写真か動画を撮ろうとした。こんなチャンスは滅多にない。

けれどディスプレイに触れる直前で指が止まった。画面の前で、自分の指が凍りついている。

写真を撮って誰に見せるつもりなんだろう？

そんなことを思ってしまった。保育園の子どもたちの喜ぶ顔が思い浮かんだが、もうすぐいなくなってしまう。みんな、自分と関係のない場所に行ってしまう。由子だけが取り残される。

写真を撮る気持ちが消えた。まだ園長なのに、子どもたちを喜ばせようと思えなくなっていた。

「すぐなくなるわけじゃないのに」

自分を叱るつもりで呟いた。保育園はすぐになくなるわけではない。在籍している園児たちには責任がある。ちゃんと接しなければならない。

また、子どもたちには保育園を楽しんでほしい。大人になったときに笑顔で振り返ることのできる思い出を作ってほしい。

わかっている。

わかっていたけれど、由子の気持ちは沈んだまま浮き上がってこなかった。前を向くことができない。園児たちの喜ぶ顔も、どこか遠くへ消えていた。どうでもいいことのように思えたのだ。

そんな自分がどうしようもなく情けなかった。こんなに弱い人間だとは思っていなかった。

ため息をつき、結局写真を撮らずにスマホをポケットに戻した。ポケットのスマホが重く感じた。

何もしていなくても、時間は流れる。ときどき、キッチンから話し声が微かに聞こえるが、内容まではわからない。

由子はうつむいたまま、静かな時間をすごした。何分かが経ち、一人でいる時間が通りすぎていった。やがて中堂くんが戻ってきた。

「お待たせしました」

顔を上げると、キッチンから出てきたところだった。一人用と思われる小さな黒い土鍋を持っている。

由子は、プレートに書かれていた文言を思い出した。

土鍋料理と定食、猫の店
(しっぽの長い猫がいます)

誰がどう見たって、土鍋料理が自慢の店だ。けれど、食欲のない年寄りに鍋料理を出すとは思わなかった。

しかも、まだ午前中だ。相撲部屋じゃあるまいし、こんな時間から鍋料理は重い。ヘルシーでカロリーも低いらしいけれど、分量は少なくないだろう。一人用の鍋でも食べきれる自信はなかった。

「せっかくだけど――」

断りかけて、ふいに気づいた。由子の知っている鍋料理――すき焼きや寄せ鍋、湯豆腐とは違うにおいがした。

「これは……」

呟きながら、中堂くんの持っている黒い土鍋に改めて目をやった。蓋を外してあるようだが、座っている場所からは角度的に中身が見えない。ただ、その土鍋は美しい宝石のように黒く輝いていた。

ふたたび中堂くんが口を開く。

「うちは洋食も作るんです。例えばですが、ポタージュとかシチューを土鍋で作って出したりします」

ヒントを出しているようで、ヒントになっていない。むしろ、はぐらかそうとしているように感じた。

「これは、そういう料理じゃないわよね」

由子は言ってやった。ポタージュやシチューなら、こんなに驚きはしない。由子だって土鍋でシチューやカレーを作ることがある。食堂に漂っているのは、それらとはまったく別のにおいだ。

「ええ。スープじゃありません」

中堂くんは頷いた。まだ何を作ったのか言わない。焦らされているような気持ちになった。

意外だというだけで、漂ってくるにおいそのものは珍しいものではない。馴染みのあるにおいだった。

パンを焼いたような香ばしいにおい。

お菓子のような甘いにおい。

それから、ソーセージを焼いたにおい。

加齢で嗅覚も衰えているだろうけれど、さすがに、これらのにおいは間違えはしない。だが中堂くんが持っているのは土鍋だ。パンやお菓子を作る調理器具ではなかった。

「何を作ったの？」

由子が聞くと、中堂くんが唇の端をあげるようにして意味ありげに笑った。でも嫌な笑い方ではない。子どもが、面白いいたずらを仕掛けたときの顔だ。もしくは何かを自慢しようとしているときの顔——。

「おれが作ったのは、これですよ」

静かに黒い土鍋をテーブルに置いた。蓋が開いていて、その中身が由子の目に飛び込んできた。

「え？　嘘……」

由子は驚き、出された料理をまじまじと見た。土鍋に不似合いな料理がそこにあった。こんがり焼かれたそれが、美味しそうに湯気を立てている。

「嘘じゃないですよ、先生」

中堂くんは真面目な顔で応じて、美しい黒鍋で作った料理の名前を教えてくれた。

「しっぽ食堂特製のフレンチトーストとソーセージです」

正直なところ料理は得意ではないが、職業柄と言うべきか、それなりに知識は持っていた。

フレンチトーストは、卵・牛乳・砂糖などを混ぜた液にパンを浸して、バターで焼いた料理だ。アメリカやカナダを始めとする多くの国でよく食べられており、さまざまなアレンジが加えられている。

バニラエッセンスを垂らしたり、砂糖の代わりに蜂蜜を使ったり、ときにはアイスクリームや生クリームを添えたりと、スイーツみたいになっているものもある。

中堂くんの作ったフレンチトーストは、食パンではなくフランスパン――バゲットが使われていた。この点は珍しくないだろう。バゲットでフレンチトーストを作るのは、一般的だ。

びっくりしたのは、土鍋で作られていたからだ。しかも、このにおいからすると、バターをたっぷり使っている。こんな真似をしたら、土鍋がダメになってしまわないだろうか？

「これは、土鍋をお皿として使っているのよね」

確認するように聞いた。土鍋で調理されたとしか見えなかったが、他に考えようがなかったからだ。

盛り付けを工夫して、フレンチトーストを土鍋で焼いたように見せているのだと予想した。

だが大外れだった。中堂くんが首を横に振った。

「ソーセージについてはそうです。アルミホイルを使ってオーブントースターで焼いたものです」

「それじゃあ、このフレンチトーストは？」

「ええ。見たままです。この土鍋で作りました」

「だ……大丈夫なの？」

　土鍋で油やバターを多く使う料理を避けるのは常識だ。土鍋の表面は粗いことが多く、バターが深く染み込んでしまうことがある。そのため使ったあとの手入れが難しい。また、調理中に温度が高くなりすぎて、土鍋が割れてしまうこともある。そもそもの問題として土鍋は油分と相性がよくないから、料理の風味も悪くなりがちだ。

「自宅ならともかく、お店で使っている土鍋なんでしょう？　変な味が残っちゃうんじゃない？」

　由子に心配されて、中堂くんの笑みが大きくなった。そして、はっきりと自慢しているとわかる口調で答えた。

「この土鍋は大丈夫なやつなんです。『玉楽《どらく》』の黒鍋ですから」

「玉楽？」

　由子は、おうむ返しに呟いた。名前を聞いたおぼえがあるような気がするが、思い出せない。

「『玉楽』は、三重県伊賀市《いがし》にある江戸時代から続く窯元です。そこの黒鍋は、耐火度の強い伊賀の粘土を使っていて、ステーキの焼ける土鍋として有名なんです」

「ステーキを焼ける土鍋？」

由子は驚き、またおうむ返しに聞いた。直火にかけられる陶板《とうばん》という焼き板があることは知っているが、土鍋でも肉を焼けるのか。しかもステーキを。

「今度、ご馳走しますが、土鍋で肉を焼くと旨いんです」

その理由は熱伝導率にあるという。

「土鍋は熱伝導率が低いから熱が鍋の内側に蓄積されやすく、ゆっくりと温まります。だから、肉の表面をゆっくりと焼き上げることができ、肉汁を閉じ込めることができるんです」

そのため、玉楽の黒鍋でステーキを焼くと、表面はカリッと、中はジューシーに仕上がるという。

「今回は、『玉楽』の黒鍋六寸でフレンチトーストを作りました」

中堂くんが続けた。六寸とは大きさのことで、いわゆる一人用の鍋らしい。直径二十センチにも満たない小さな土鍋だった。

「難しいことは何もしていません」

そんなふうに前置きしてから、フレンチトーストのレシピを教えてくれた。

「卵に牛乳、砂糖、塩など加えて混ぜた液に、食べやすいサイズにカットしたバゲットを漬け込んでから、バターをたっぷり塗った黒鍋に並べてオーブントースターで焼いたものです」

黒鍋ごとオーブントースターに入れて焼くというのだ。その点以外は、確かに普通だ。由子の知っているレシピと大きな違いはない。

「ここまでは、ネットでよく紹介されている作り方そのままで、おれは何の工夫もしていません」

思わせぶりな言い方だった。中堂くんの顔には、また笑みが浮かんでいる。いたずらが残っているようだ。

紬ちゃんはキッチンから出て来ない。片付けかランチの仕込みをしているのか。もしくは、久しぶりに再会した自分と中堂くんを二人きりにしようと気を遣っているのかもしれない。

さっき、彼女の声らしきものが聞こえたような気がしたが、きっと歌を口ずさみながら作業しているのだろう。楽しみながら仕事をするタイプに見えた。

「味を見てもらえませんか？」

「もちろん」

教え子に気を遣ったわけではない。ステーキを焼ける土鍋――『玉楽』の黒鍋で作ったフレンチトーストを食べてみたかった。食欲なんてなかったはずなのに、魔法にかかったみたいに空腹を感じた。

「どうぞお召し上がりください」

「うん。ありがとう」

素直に頷き、テーブルの上の料理に視線を落とす。保温性の高い土鍋に入れてあるからか、フレンチトーストはまだ冷めていない。

「美味しそう」

心の底からそう思った。湯気が立つほど温かいものを食べるのは、久しぶりのことだった。

保育園を閉めると聞いてから、コンビニやスーパーのおにぎりや菓子パンばかり齧っていた。朝食に食パンを買って来ても、トースターで焼くことさえしていない。牛乳も冷たいまま飲んでいた。

ずっと食欲がなかったのは、そのせいもあるのかもしれない。人は温かさを求めるようにできている。

「箸とか必要ですか?」

中堂くんに問われて、由子は吹き出しそうになった。いくら年寄りでも、フレンチトーストを箸で食べはしない。少なくとも、お店では。

「これで大丈夫よ」

由子の前には、銀色に輝くナイフとフォークが並べてある。ちなみに、フレンチトーストは最初から食べやすい大きさに切られていて、ソーセージを食べるまでナイフの出番はなさそうだ。

「必要なものがあったら言ってください。例えばですが、粉チーズやタバスコを振って食べても美味しいですよ」

「それは美味しそうね。でも、このままいただくわ」

気を遣ってくれる中堂くんに返事をしてから、由子は軽く手を合わせた。

「いただきます」

この言葉を言うのも久しぶりだった。家では何も言わずに食事を始めていた。食べ物への感謝を忘れていた。

由子は、フレンチトーストにフォークを刺した。小気味いいカリッとした感触があった。表面が香ばしく焼かれているためだろう。これだけでも美味しそうだ。そう思いながら、バゲットを口に運んで咀嚼した。

とたんにバターの香りが広がり、それから砂糖の甘さを感じた。ふんわりとした食感が歯に優しい。本当に、本当に美味しかった。

けれど、これはただのフレンチトーストではない。バゲットを何度か嚙んで、はっきりとわかった。歯触りでわかる。

由子はいったんフォークを置いて、中堂くんに確認するように聞いた。

「このフランスパンは、米粉で作ったものでしょう?」

「正解です。さすがですね」

中堂くんは感心して見せるが、小麦粉で作ったパンとは弾力が違う。このバゲットはもっちりしている上に、しっとりとした質感を持っている。米粉で作ったパンの特徴だ。

それに加えて、米粉パンには思い出があった。中堂くんたちとの懐かしい思い出だ。

「おぼえていたのね」

「当たり前ですよ。忘れるわけないじゃないですか」

中堂くんの返事は力強くて、そして少しだけ湿っていた。昔のことを思い出したのだろう。

彼には、歳の離れた妹がいる。詳しい事情は聞いていないが、中堂くんたちきょうだいは、両親と離れて祖父母の家で暮らしていた。

仲のいいきょうだいだったけれど、中堂くんの妹は身体が弱くて、保育園も休みがちだった。入退院を繰り返し、手術も受けたほどだった。

「あいつはパンが好きでした。でも小麦アレルギーになってしまって」

大人になった中堂くんが話し出した。由子もおぼえている。昔のことなのに、昨日のことのようにおぼえていた。中堂くんの妹のしょんぼりした姿が思い浮かぶ。

「それまでは平気だったのよね」

「ええ。ある日突然、アレルギー反応が出たんです」

ごく軽いアレルギーだが、パンは食べないほうがいいということだった。他の園児が食べているのに、自分だけ食べられないと辛い。しかも、彼女にとってパンは食べ物以上の意味があった。

「両親と一緒に暮らしていたころ、母がよくパンを焼いてくれたんです。妹の思い出の食べ物だったんですよ」

中堂くんがどこか遠い目をして、呟くように言った。彼にとっても思い出の食べ物だったのだろう。誰にでも、そんな食べ物の一つや二つはある。忘れられない料理がある。

「それを食べられなくなったもんだから、ひどく落ち込んでしまって、べそをかいていました」

保育園でも泣いていた。身体の調子がまた悪くなったのかと心配して、病院に連れて行こうかと思ったくらいだ。

「そんなとき、先生が米粉でパンを作ってくれたんです。正直に言うと、びっくりしました」

出すぎた真似だったのかもしれない。いまだにそう思う。けれど見すごしにはできなかった。泣いている子どもを放ってはおけない。

さっきも言ったように、料理は得意ではない。知識だけはあるが、実践が伴っていない。

そのときもレシピを見ながら作ったけれど、上手にはできなかった。ようやく食べられるレベルの形の歪んだ米粉パンを持って、由子はきょうだいの住む家に押しかけた。ちなみに、パンを焼いている最中に気づいて、中堂くんの保護者と連絡を取り、米粉パンを食べさせても大丈夫だという言葉をもらっていた。

日曜日だったと思う。由子が訪ねていくと、きょうだいが顔を出した。挨拶もそこそこに由子は、焼き立てのパンを差し出しながら言った。

「このパンは、食べても大丈夫なパンだから」

米粉のことを説明すると、中堂くんの妹が目を丸くした。そして、すごく喜んでくれた。「よかったな」と中堂くんが妹に言ったことまでおぼえている。妹以上に笑っていたっけ。

記憶は鮮明だった。彼もまた、由子と同じようにあのときのことを忘れていなかった。

「先生が妹にかけてくれた言葉は、今でもおぼえています」

大人になった中堂くんが復誦するように、あのとき由子が言った言葉を繰り返した。

これは〝噓〟のパンかもしれないけど、〝本当〟の米粉パンなのよ。

米粉パンを大好きな人だって、たくさんいるんだから。

嘘か本当かは、見方の差にすぎない。他人の決めることじゃない。何を好きになるかは、人によって違う。何を大切に思うかは、人によって違う。何が嘘で本物かは、自分で決めることだ。

「そんなふうにおっしゃってくださいました」

もちろん、おぼえている。確かに言った。あのときに言った自分の言葉を中堂くんの口から聞き、顔が赤らむ思いだった。若気の至りという年齢でもないのに熱弁してしまった。

「ごめんなさい。変なことを言ったわ」

由子が今さら謝ると、中堂くんは首を横に振った。

「ちっとも変じゃないですよ。先生は、あいつを――妹を慰めてくれようとしたんですよね。パンだけのことじゃなくて、ずっと傷ついていたから。いろいろ落ち込んでいたから」

今度は、胸が温かくなった。勢いだけの支離滅裂《しりめつれつ》な拙い言葉だったのに、ちゃんと伝わっていた。

言葉にならない思いがあふれて、由子は返事ができなかった。ふたたび彼の妹のことを――大切な教え子のことを考えた。

他人と違うことを「本当じゃない」と思うときがある。誰かと違うことに落ち込むときがある。

休んでばかりで保育園にまともに通えない自分は、本当の保育園児じゃない。

パパやママと一緒に暮らせないなんて、本当の家族じゃない。

中堂くんの妹は、そんなふうに思っていた。傷つき、保育園でも泣いていた。保育園の誰かに言われたのかもしれない。時として、子どもは残酷だ。いや親が家で言ったことを口走っているだけなのだろうから、人間すべてが——世間というものが、残酷なのだ。由子はその残酷さを痛いほど知っていた。

結婚をせず子どもも産まずにいると、一人前の女として——本当の女として扱われないことがある。陰口、あるいは面と向かって否定される。二十代、三十代、四十代と、ずいぶん言われた。

親でもきょうだいでも、親戚でも友人でもないのに由子を叩く。心配している振りをして叩きのめそうとする。

もしかすると、今の時代でもそんな風潮が残っているのかもしれない。結婚もせず子どもも産まない女は〝嘘〟で〝劣っている〟と思っている人間がいるのかもしれない。

あのとき慰めようとしたのは、中堂くんの妹ではなく、自分自身だったんだと今ではわかる。だからあんな台詞を言ったのだ。嘘か本当かを——幸せかどうかを決めるのは、世間《おまえたち》じゃないと言ってやりたかった。

それなのに、中堂くんは感謝してくれる。立派な大人になった今でも、昔のことをおぼえていてくれる。

「妹は喜んでいました。ずっと落ち込んでいたのに、米粉パンを食べて『美味しいね』と笑ったんです。それを見て、おれは料理人になろうと、先生みたいに他人に喜ばれる料理を作りたいと思いました」

反則だ。

この言葉は反則だ。涙腺の緩くなった年寄り相手に反則だ。中堂くんの姿が滲んで見える。テーブルの上のフレンチトーストも滲んでいる。

涙をこらえて生きてきたのに、台なしだ。中堂くんに文句を言ってやろうとしたが、声にならなかった。嗚咽が——胸の温かさが邪魔をした。

「みゃん?」

しっぽが異変を感じたらしく不思議そうに鳴いたけれど、そっちを見ることさえできなかった。首を動かしたら、ぽろぽろと涙がこぼれてしまいそうだから。園児のように声を上げて泣いてしまいそうだから。

涙をこらえながら、由子は考えた。どうして自分が保育士になったのかを思い出していた。

ずっと忘れていた。大切なことなのに忘れていた。中堂くんの言葉が、あのころの自分を思い出させてくれた。米粉パンの思い出が、あのころの気持ちを引っ張り出してくれた。

もう半世紀近く昔のことになる。まだ若く未熟だった由子は、こんなふうに思っていた。


子どもたちに笑っていてほしい。

幸せでいてほしい。


これから生まれてくる子どもたちに希望を持ってもらうのが、先に生まれた者の役目だと思っていた。だから保育士になった。

どんなに辛くても——独りぼっちになっても、保育士をやめなかった。絶対にやめなかった。やめるもんか、やめるもんかと自分に言い聞かせながら生きてきた。これからの時代を生きる人たちが、笑って暮らせる世の中にしたかった。

日本は貧しくなり、未来に希望の持てない人たちが増えている。まだまだ貧しくなるだろうと言われているけれど、逆境に立ち向かう勇気と、必ず明るい未来がやって来ると信じることを教え続けたつもりだ。

「でも、わたしには何もできなかった。結局、何もできなかったのよ」

由子は泣き言をこぼした。涙をぽろぽろと流しながら、教え子に自分語りをしてしまった。年寄りの自分語りはみっともないものだし、鬱陶しいものだ。

中堂くんだってそう思っているはずなのに、嫌な顔一つせずに聞いてくれた。その上、返事までしてくれた。

「そんなことありませんよ、先生。何もできなかったなんて、それは先生の思い違いです。だって、おれは先生にたくさんのことを教わりましたから」

「たくさんのこと？」

「ええ。だから、こうして食堂をやっているんです」

中堂くんは穏やかな顔で頷き、由子に語りかけるように言葉を続けた。

「さっき、先生は『これから生まれてくる子どもたちに希望を持ってもらうのが、先に生まれた者の役目だ』とおっしゃいましたが、あとに生まれた人間だって一緒ですよ」

「一緒？」

聞き返す由子に、中堂くんは答える。少し照れながら、それでもまっすぐに返事をしたのだった。

「自分より先に生まれた人たちにも幸せでいてほしい。笑顔でいてほしい。おれはそう思って生きています。そう思って料理を作っています」

その声は力強くて優しい。彼の作った料理にそっくりだ。年老いた由子を癒やしてくれる。

ずっと、自分だけが損をしていると思っていた。報われない人生を送ってしまった、と後悔もした。

だが間違っていた。由子は間違っていた。損なんてしていない。こんなに素敵な言葉をもらえる人生を送ったのだから。こんなに美味しいごはんを食べることができたのだから。

新しい涙があふれてきた。その涙は温かくて、乾いた心と身体を潤してくれる。もう泣いていることを恥ずかしいとは思わなかった。今の自分を、みっともない年寄りだとも思わない。

「ありがとう」

涙をぬぐいもせず、中堂くんにお礼を言った。保育士の仕事を選んだ過去の自分にもお礼を言った。素晴らしい人生をありがとう、と声に出さずに言った。

それから、自分を産んでくれた両親、遠い昔の友人たち、保育園の同僚たち、理事長、そして園児たちにも感謝を伝えようとした。ありがとう、ありがとう。何度も何度もお礼を言った。

繰り返すたびに、新しい涙があふれた。

ありがとうを伝え終えると、気持ちがすっきりとした。胸のあたりが温かくなったけれど、もちろん何かが解決したわけではない。保育園はなくなってしまうし、由子は寂しい年寄りのままだ。人生は、簡単には変わらない。

でも前を向こうと思えた。この先、後悔せずに生きていけるような気がした。それだけでも、しっぽ食堂に来てよかった。

「本当に美味しかったわ。中堂くん、ありがとう」

今度こそ家に帰るつもりで改めて言いながら、教え子の顔を見ると、いたずらを仕掛けた子どものような笑みがあった。また笑っている。その表情のまま由子に言ってきた。

「ありがとうを言うのは、まだ早いですよ」

「え？」

言葉の意味がわからず、由子はきょとんとした。その拍子に涙が止まり、中堂くんの笑みが大きくなった。

「お楽しみはこれからですよ、先生」

唇の端を持ち上げた顔でアメリカの古い映画に出てくる名台詞を口にし、それから振り返って同意を求めた。

「そうだよな」

そこには紬ちゃんがいた。いつの間にかキッチンから出てきていた。左手でスマホを持ち、右手でピースサインを作った。そして太陽のように明るい笑顔で、中堂くんに返事をする。

「はい！　もうすぐです！」

弾けるような声だが、やっぱり、何を言っているのかわからなかった。何が始まるというのだろう？

「何がもうすぐなの？」

と問い返したとき、店前の道路に自動車が停まる音が聞こえた。それから支払いをする女性の声も聞こえた。停まったのは、たぶんタクシーだ。

「お客さんかしら」

由子は呟いた。しっぽ食堂に客が来たと思ったのだ。駅から少し離れているので、タクシーを使っても不思議はない。

けれど違った。由子のそんな呟きを聞いて、紬ちゃんが全力で首を横に振った。そして、バラエティ番組の司会者のような口調で言った。

「お客さんは先生ですよ！」

意味がわからなすぎて、眉間に皺が寄った。ふたたび聞き返そうとしたときのことだった。

しっぽ食堂の戸が勢いよく開いて、やって来た人の姿が見えた。入り口の戸と一緒に、由子の口もあんぐりと開いた。

しばらくそうしていた。誰も何も話さない。声のない時間が流れた。そんな沈黙を破ったのは、由子のささやき声だった。

「……嘘？」

ようやく、それだけ言った。自分の見ているものが信じられなかった。信じられないことが起こっている。

啞然とする由子をまっすぐに見て、食堂の戸を開けた人物が声をあげた。どこまでも、どこまでも通りそうな透き通った声だった。

「由子さん、はじめまして！　あなたの小糸くるりです！」

ここでも返事ができなかった。瞬きさえできない。目が、その人物に釘付けになっていた。

千葉県君津市が生んだ歌の女王が、そこに立っていたのだ。しかもスパンコール輝くステージ衣装を着て——。

「みゃっ」

しっぽが土鍋から飛び出し、驚いたように声をあげた。由子も同じ声をあげそうになった。

……本物だ。

本物の小糸くるりだ。由子は息を吞んだ。テレビやコンサートでしか見たことのない歌の女王が、目の前に現れて自分の名前を呼んだ。

呑み込んだ息を吐くと、ため息をついたみたいになった。綺麗だった。小糸くるりは美しかった。最後に見たときと変わらず輝いていた。

由子と同じくらいの年齢で、顔立ちや太めの体型も似ている。昔と同じように、自分によく似ている。

しかし、小糸くるりにはスターの輝きがあった。派手なスパンコールのステージ衣装がよく似合っていて、大輪のバラのような笑みを浮かべている。しょぼくれた年寄りの自分とは違う。何もかもが違う。

その小糸くるりが、由子の名前を呼んだ。その上、はじめまして、と挨拶してくれた。緊張するなと言うほうが無理だ。

返事ができなかった。自分なんかが話しかけては、失礼だとも思った。だが小糸くるりは、明らかに由子の言葉を待っていた。笑顔でこっちを見ていた。スターを待たせてはいけない。何か話すべきだ。由子は腹をくくって、おそるおそる聞いた。

「……どうして、ここにいらっしゃったんですか？」

小糸くるりの笑顔が大きくなった。大輪のバラではなく、真夏の向日葵《ひまわり》のような明るい顔と声で返事をしてくれた。

「決まってるじゃない！　由子ちゃんに会いに来たのよ！」

「ゆ、由子ちゃん!?」

思わず声が大きくなった。こんなふうに呼ばれるのは何年——いや、何十年ぶりだろう。

いや、それ以前の問題として、なぜわたしの名前を知っているのだろうか？　さっきも呼ばれた。

紬ちゃんから聞いたのだろうか？　それにしては親しげな口調だった。小糸くるりは十年来の知り合いに会ったような顔をしている。なぜだ？　どうしてだ？　疑問に思いすぎて頭が痛くなりかけたときだった。由子の考えていることがわかったらしく、紬ちゃんが口を挟んだ。

「くるりさん、由子先生の顔と名前をおぼえていたんですって」

保育園の子どもたちみたいに、「由子先生」と呼んでくれた。嬉しかったが、今は喜んでいる場合ではない。

「え？　おぼえている？……どこかでお目にかかりましたか？」

由子は、自分の記憶を辿りながら聞いた。言うまでもなく、最後の質問は小糸くるりに向けたものだ。どんなに考えても、小糸くるりと会った記憶はなかった。こうして話すのは、今日が初めてだったはずだけれど。

「うん！　それが会ってるのよ！」

小糸くるりが懐かしそうな顔で返事をした。

「会ってる……？」

まさか、と思った。しかし、まさかではなかった。

「もう十年前になるかしら。由子ちゃん、君津市のホールでやったコンサートに来てくれたでしょ？」

「は……はい」

どうしても小糸くるりに会いたくて——彼女の歌を生で聴きたくて、ファンクラブに入ってチケットを購入してコンサートに行った。

「そのときの名簿が残っているのよ。コンサートに来てくれた人たちのね」

小糸くるりが秘密を打ち明けるように言ったが、説明として不十分だ。チケット購入にもファンクラブへの入会にも、顔写真は必要なかった。つまり由子の顔を知っているのはおかしい。

だが嘘ではなかった。由子に気を遣ったわけでもない。小糸くるりは、本当に自分の顔を知っていた。

「コンサートの幕間の休憩のときにね。わたしに似た人がいるってスタッフさんに教えてもらったの。それで舞台の袖からこっそり見たら、ものすごい美人がいるんだもん。びっくりしちゃった。スカウトしちゃおうかと思ったくらい」

お世辞とは思えない口調だ。由子はドキドキした。まさか容姿を褒められるとは思っていなかった。

「ええと……」

六十五歳にもなって頰を染めて、返事に詰まっていた。どう答えたらいいのかわからなかった。

美人なんて言われたのは、生まれて初めてのことだった。それも憧れの小糸くるりの言葉だ。一世を風靡した歌の女王が、こんな由子の容姿を褒めてくれた。嬉しくないはずがなかった。

「そうだ！　いいことを思いついたわ！」

小糸くるりが勢いよく両手を打った。びっくりするくらい大きい音が鳴った。そして、とんでもないことを言い出した。

「由子ちゃん、わたしと一緒に舞台に立たない？　一緒に歌うのよ！　アイドルデュオとして売り出すのよ！　『令和のザ・ピーナッツ』とか『二十二世紀のＷｉｎｋ』になれるわ！」

突っ込みどころが多すぎる。令和はともかく、二十二世紀まで生きている自信はなかった。

芸能界で流行っているジョークかとも思ったが、小糸くるりの目は本気だった。爛々と輝いている。本気で由子を口説きにかかっている。本気でデビューさせようとしている。逆らうことのできない圧を感じた。

返事のできない由子に向かって、小糸くるりが提案してきた。

「まずは、ご当地アイドルを目指すということで、『ザ・落花生』なんて名前はどうかしら？」

「すごくいいです！　ちょっと和風な感じが可愛いです！」

紬ちゃんが即座に言った。全力で同意している。こちらも冗談を言っている顔ではなかった。

「千葉県を強調して、『房総《ぼうそう》落花生』でもいいわね」

「くるりさん、それもいいです！　房総と暴走をかけているんですよね！」

「みゃん」

しっぽが、相づちを打つように鳴いた。三毛猫までが同意しているように思えた。期待しているように見えた。由子の背中を押している。

このまま流されて、わたしはデビューしてしまうのか？　房総落花生なんて名前で歌うのか？

押しに弱いところのある由子が困っていると、中堂くんが気づいたらしく、話を変えてくれた。

「小糸さんは引退して社長になったんじゃないんですか？」

由子も疑問に思っていたことだった。ファンクラブも閉鎖されてしまい、コンサートを開いたという話も聞かない。ここしばらく、ネットニュースやSNSで取り上げられているのを見た記憶もなかった。

もう歌っていないんだ、と決めつけていた由子を優しくたしなめるように、小糸くるりは答えた。

「自分を必要としてくれる人がいるかぎり、わたしは引退しないわ。社長は副業。本業はアイドル。小糸くるりは生涯アイドルよん」

キャッチコピーのように言って、ウィンクをして見せた。これこそ冗談なのだろうが、由子は笑うどころではない。小糸くるりの言葉が胸に突き刺さった。そして、気づいたときには聞いていた。

「わたしを必要としてくれる人は、まだいるんでしょうか？」

質問する相手が間違っていることはわかっていた。初めて会った芸能人に聞くことではない。だけど小糸くるりにしか聞けなかったのだ。小糸くるりなら、答えてくれそうな気がした。

保育園は潰れてしまい、家族も恋人も友人もいない。それどころか冬休みを取ってから話す相手もいない。明日、自分がこの世から消えてしまっても、誰も困らないだろう。

この世界に居場所がなかった。仕事を失うことで、誰にも必要とされない――生きている価値のない人間になったように思えた。

「由子ちゃんを必要としている人間なら、ここに一人いるわよ。わたしは、あなたがいてくれて嬉しいわ。一緒に舞台に立てなくても、わたしの歌を聴いてくれるんだから」

　でも、と小糸くるりは続ける。その声は優しかったけれど、言葉の中身は厳しいものだった。

「わたし以外の人のことは、わからない。だって、それは由子ちゃんが自分で見つけなきゃいけないものだから」

　意味がわからなかった。相手が小糸くるりだということも忘れて、由子はしつこく聞き返す。

「自分で見つけるって、何を、ですか？」

「由子ちゃんを必要としている人を見つけるの。待っているんじゃなくて、自分で見つけにいくのよ」


　――自分で見つけにいく。


　その言葉を反芻した。待っていても何もやって来ないことは――何も得られないことは、六十五年も生きていればわかる。けれど忘れていた。いつの間にか傍観者になっていた。待っているだけの人生になっていた。

「わたしね、人生は海みたいなものだと思ってるの。見ている分には綺麗だし、遠くまで泳いだり、何なら舟を漕いで海の向こうまで行けそうだけど、現実にやってみると難しいわよね。勇気だって必要よね。海の向こうって、すごく遠いし」

小糸くるりは続けた。その通りだ。天気は刻々と変わり、波も荒れる。嵐の日もあれば、寒さに凍てつく日もある。

そんなところまで人生と一緒だ。凪いでいる時間のほうが短いように思える。溺れて死ぬ人間はあとを絶たず、行方不明になってしまう人間だっている。

海は広大で未知の領域が多く、安全なところばかりではない。人生もそうだ。人間は生まれてから死ぬまでのあいだ、さまざまな経験や出来事を通じて未知の出会いや挑戦に直面する。

「でも泳がなきゃダメなの。漕ぎ出して行かなきゃダメなのよね。見てるだけじゃあ、どこにも行けないし、誰とも知り合えない。海の向こうで自分を必要としてくれている人間がいるかもしれないんだから」

由子は返事ができなかった。強くて美しい小糸くるりの顔をただ見ていた。話が終わったあとでも、ずっと見ていた。

○

まだお昼にもなっていないのに、紬は疲れ果てていた。その疲れの99パーセントは、くるりさんのせいだ。

彼女をこの店に呼んだのは紬だが、まさかステージ衣装を着てくるとは思わなかった。あそこまでノリノリでやって来るとは思わなかった。紬も途中までは調子に乗っていたけれど、最後までは持たなかった。

人生を海にたとえて、由子先生を励ましてくれたところまではよかったけれど、そのあと自分の曲を歌おうとした。最初からそのつもりでステージ衣装を着てきたようだ。

「それじゃあ、そろそろ、しっぽ食堂にスパンコールの雨を降らせるわね！　小糸くるり、歌います！　曲は『真夜中の内房ラプソディー』よん！」

この時点で声が大きかった。しっぽが驚いたような、怯えたような顔で床の土鍋に隠れた。

避難したくなる気持ちはよくわかる。六十歳をすぎているが、くるりさんの声量は衰えていない。本気で歌ったら隣近所どころか神社、いや病院まで響きそうだ。

「歌わなくていいです！　それは、今度の楽しみに取っておきましょう！」

紬は止めた。全力で止めた。身体を張って止めた。言葉を尽くして止めた。それから中堂さんの助けを得て、タクシーを呼んで押し込んで帰ってもらった。疲れるのは当然だ。

「……すみませんでした」

くるりさんと由子先生が帰ったあと、中堂さんに頭を下げた。控え目に言って、くるりさんの存在そのものが営業妨害である。

「あんたが謝る必要はないさ。おれは楽しかったし、先生も喜んでいた。歌ってもらってもよかったくらいだ」

中堂さんは優しい。すごく優しい。顔はちょっと怖いし、ぶっきらぼうなところがあるけれど、いい人だ。

彼の言うように、由子先生は喜んでくれた。くるりさんは自分のファンに会えて、その何倍も喜んでいたけれど。

「大丈夫でしょうか？」

紬は聞いた。くるりさんではなく、由子先生のことだ。元気にはなったけれど、きっとそれは一時的なものだ。保育園がなくなってしまう現実は変わらない。家に帰って、落ち込んでいるのではなかろうか？

「まあ大丈夫だろう。うん。ちゃんと飯を食えたんだから大丈夫だ」

しっぽ食堂の主は、そんなふうに答えた。自分自身に言い聞かせているようでもあった。中堂さんは、由子先生のことを誰よりも心配している。

「そうですね！　いっぱい食べましたものね！」

紬は明るい声で応じた。本当のことだった。くるりさんと話したあと、由子先生はフレンチトーストを平らげた。すっかり冷めてしまった付け合わせのソーセージも残さなかった。

ごちそうさま。

すごく美味しかった。

また来るから。

由子先生はそう言って帰っていった。未来の約束をして、「また来る」と言って笑顔で帰っていった。

美味しいごはんは、人を元気にする。温かい食事は、傷ついた心と身体を優しく包んでくれる。

人間の身体は、毎日の食事でできている。心だって、きっとそうだろう。だから食べることは大切だ。明日のためにも食べなければならない。

中堂さんの料理が、そのことを教えてくれた。こうして紬が前向きな気持ちでいられるのは、落ち込んでいるときに長ねぎのポタージュを食べたからだ。中堂さんが美味しいごはんを作ってくれたからだ。

「料理人って、素敵なお仕事ですね」

思わず言うと、中堂さんが唇の端を持ち上げるようにして笑い、紬に言葉を返してきた。

「あんたの仕事だって素敵だろ？　先生が元気になったのは、社長さんのおかげだしな」

「……くるりさんは特殊です。いろいろな意味で普通じゃないんです。元気のかたまりですし」

そんな紬の言葉を聞いて、中堂さんが真面目な顔になった。

「あんただって元気のかたまりだろ？　あんたの歌を聴いていると元気になる。前を向いて生きていこうって気になる。おれもそう思うし、妹もそう言ってた」

歌を褒められると、すごく嬉しい。紬の胸が熱くなった。けれど最後の言葉が引っかかった。

「妹さんがいらっしゃるんですか？」

由子先生の話にも出てきた。気になっていたが、何となく聞きにくかった。中堂さんのほうから触れたので、ようやく質問できた。

「あんたには話してなかったな。隠していたわけじゃないが、おれには高校生の妹がいる」

中堂さんの正確な年齢は知らないけれど、二十五、六という感じがする。仮にそうだとすると、きょうだいで十歳くらい離れていることになる。

「妹が高校に入ったのをきっかけに、祖父母の家を出た。この食堂は、そのときに始めたものだ」

祖父母と疎遠になったわけではなく、この物件も祖父母が借りてくれたものだという。きょうだいは、ここで暮らしていた。

　そこまで話しておきながら、中堂さんは自分の両親には触れなかった。そのまま話を進める。

「店を始めようとしたとき、この猫――しっぽと出会った。神社に捨てられていたのを、妹が拾ったんだ。飲食店に動物はどうかと思ったが、放っておくこともできず連れて帰ってきた」

「みゃ」

　しっぽが返事をした。土鍋から出て、床に行儀よく座って話を聞いている。

「こいつの名前を付けたのも妹だ。おかげで、この店の名前も『しっぽ食堂』になっちまった」

　ぼやくように言うが、中堂さんの声は優しかった。この声の調子だけで、妹を大切に思っていることがわかる。

　でも彼女はここにいない。紬がアルバイトを始めてから、一度も見たことがなかった。中堂さんは、その理由も話してくれた。

「どうにか高校に入ることはできたが、ずっと入院している。今も病院にいる。生まれつき心臓が弱くてな」

　彼の声が沈んだ。しかも、これだけでも大変なのに、中堂さんの話は終わっていなかった。

「年内に手術することになっている」

「手術……」

そう呟くのが、やっとだった。急に息苦しくなった。呼吸が上手くできない。紬は、嫌な予感に襲われていた。そして、その予感は的中する。

中堂さんは、紬が聞きたくない言葉を口にした。無理やり感情を抑えたような静かな口調で言った。

「簡単な手術じゃない。成功する確率は半分もないそうだ」

重かった。どうしようもなく重かった。紬は返事ができない。かけるべき言葉が思い浮かばなかった。

中堂さんも黙ってしまった。しっぽも鳴かない。食堂の外は相変わらず静かで、地球の動いている音が聞こえてきそうだった。

何分かがすぎた。どうしようもなく長い沈黙のあと、中堂さんが床のしっぽに目を落として、そっと呟いた。

「医者には、覚悟するように言われてる」

第四話

切り札はおむすび

Episode 4

佐伯司《さえきつかさ》は、中堂結菜《ゆいな》のことが好きだ。高校の入学式で初めて見かけたときから目が離せなくなって、気づいたときには好きになっていた。

でも片思いだ。同じ高校の同じクラスではあるけど、本当の片思いだった。電話番号はもちろん、LINEもメアドも知らない。連絡先を聞く勇気なんてなかった。教室で話したことも、ほとんどない。

でも、中堂結菜としゃべったことがないわけじゃない。たまたまだけど、二人は図書委員をやっている。例えば、『図書館だより』的なプリントや掲示物を作るときには一緒に作業をする。

それが終わったあと、二人で一緒に帰ったことだって——高校の最寄り駅まで並んで歩いたことだってある。何度もある。正確には、四回もあった。

一緒に居残りをして、四回も二人で帰ったのだから、それなりに仲よくなれそうなものだけれどダメだった。

司は臆病で、女子に慣れていない。話すのも苦手で、大好きな女子と一緒にいても何も言えず、ほとんどの時間を黙って歩いた。何か話そう。話さなきゃ。そう思っているうちに駅に着いてしまう。

「じゃあ、また明日」

「うん」

司は頷くことしかできなかった。一回だけではない。これを四回繰り返した。気をつけて帰ってね。そんな一言さえ出て来なかった。

自分は、本当にどうしようもない。

のんびりしている暇なんてないのに。

司の通っている高校は、二年生から文系・理系でクラスが分かれる。司は理系コースで、彼女は文系コースに進むらしい。たぶん委員会も変わる。二人で居残ることもなくなる。

今以上に言葉を交わすことはなくなり、ときどき、学校の廊下で見かける程度になるだろう。

それは嫌だったから、司は決心した。

クリスマスまでに告白する。

好きだと伝える。

恋人になってほしい。無理なら友達でもいい。

冬休みも彼女と会いたかった。並んで歩いていたかった。クリスマスにデートをしたいし、二人で初詣にも行きたい。

でも言えなかった。話しかける度胸もないのだから言えるわけがない。きっかけさえつかめなかった。

好きだと伝えられないまま、時間だけが流れていった。そして、彼女と会うことさえ難しくなった。同じクラスなのに顔を見ることができない。

彼女は教室から消えた。入院してしまったのだ。もう一ヶ月になる。学校にやって来る気配はなかった。

○

「結菜は、昔から心臓が弱かったの」

隣のクラスの図書委員の女子――胡桃沢花音《くるみざわかのん》が教えてくれた。学校の廊下でのことだ。休み時間だった。

彼女は中堂結菜の幼馴染みで、保育園のころから仲がいいらしい。そして、なぜか、ときどき司に話しかけてくる。

胡桃沢花音は、目立つ女子だった。まず美形だ。少女漫画のヒロインみたいな顔立ちをしている。いや、どちらかと言えばヒーローか。「宝塚の男役みたい」と花音を評した教師もいた。そう言ったのは若い女性の先生だったが、胡桃沢花音をうっとりした目で見ていた。

宝塚のことはよく知らないけれど、男役みたいだというのは理解できる。花音は髪をベリーショートにして、モデルのように背が高かった。バレンタインデーには、女子から山のようにチョコレートをもらうらしい。

見た目以上に中身も凄い。成績は学年トップ、さらにスポーツ万能だった。中学校のときジュニアオリンピックで優勝しているというから本物だ。

だが本人はもうスポーツには興味がないようだ。運動部からの勧誘を無視して、アニメ研究部に所属している。

「アニメ？　おいおい、冗談だろ？　胡桃沢花音のやることじゃない。そんなくだらない部活、時間の無駄だ」

そう言った体育の男性教師を、無言無表情で見つめたのは伝説になっている。先生が目を逸らしても、じっと見ていた。授業のたびにそれを続けて、結局、体育の先生が謝ったという嘘か本当かわからない話があった。

アニメの知識も豊富らしく、アニメ研究部では「エース花音」と呼ばれていた。その他にも、「チート花音」、「ストロング花音」というニックネームを持っている。いろいろな分野で――いろいろな意味で、一目置かれている女子だった。司は見たことがないが、ＴｉｋＴｏｋだかＹｏｕＴｕｂｅだかもやっていて、かなり人気があるらしい。

チート花音のことはともかく、中堂結菜が病気がちだということは知っている。学校行事も休みがちで、司は彼女が休むたびに心配していた。それに加えて、今回の休みは長すぎる。詳しい事情を聞くつもりで名前を呼んだ。

「く……胡桃沢さん――」

「花音でいい。名字で呼ばれるの嫌いだから。『さん』も『ちゃん』も嫌いだから、呼び捨てでいい。で、こっちは佐伯くんのことを『司くん』って呼ぶことにする。いいよね？」

たくさんの言葉が返ってきた。よくわからないこだわりがあるようだけど、司はどっちでもいい。名字でも下の名前でも好きなように呼べばいい。今は、中堂結菜のことを教えてほしかった。

「うん。好きなように呼んで」

いい加減に頷いて、花音に質問する。

「中堂……さん、大丈夫だよね？　また学校に来るよね？」

すがるような口調になった。大丈夫に決まってるじゃない。そう言ってほしかったが、返ってきたのは別の言葉だった。

「あんまりよくないみたい」

息が止まりそうになった。司が言葉を失っていると、花音が声を落とすようにして教えてくれた。

「もうすぐ心臓の手術をするんだって」

「……それって大変な手術なの？」

「大変じゃない心臓の手術ってないんじゃない。でも詳しいことは知らない。お見舞いに行っても、結菜は病気の話をあんまりしないから」

花音は肩を竦めた。話し方のせいで素っ気なく聞こえるが、かなり心配しているみたいだ。

「お見舞いによく行くの？」

「うん。入院って退屈だろうから、なるべく行くようにしてる。家族以外でお見舞いに行っているの、わたしだけみたいだし。あの子、昔から友達ができる前に病気で学校に来られなくなっちゃうんだ」

病気がちだと、どうしても学校で浮いてしまう。周囲に悪気があるわけではなく、遠慮してしまうのだ。たいていの高校生にとって病気は遠くにある。けれど入院しているほうは寂しいだろう。

司は少し考えてから、花音にまた聞いた。

「あのさ……。おれがお見舞いに行っていいと思う？」

言ってから後悔した。我ながら気持ち悪い。友達でもない女子のお見舞いに行きたがるなんて、引かれても仕方のないところだ。しかし花音は何とも思わなかったようだ。

「さあ。ダメじゃないと思うけど、結菜に聞いてみる。わたしが勝手に決めることじゃないから」

その通りだ。花音は常識的だった。

「司くんのＬＩＮＥかメアド、教えてもらっていい？　他にＳＮＳをやってるなら、そっちでもいいけど」

「う……うん」

躊躇いがちに答えたのは、嫌だったからではない。女子個人にＬＩＮＥを教えるのが初めてだったからだ。

「ええと……。じゃあＬＩＮＥでいい？」

「うん」

こうしてＬＩＮＥを交換することになった。花音がスマホをいじり始めた。司にＬＩＮＥを送ってくるつもりかと思ったが、少し違った。

「結菜のＩＤ、司くんに送ったから。今、ちゃんと本人の了解は取ったから大丈夫。教えてもいいって」

「ええっ!?」

司は驚く。学校では音を消しているから、全然気づかなかった。慌てて自分のスマホを見ると、本当に中堂結菜のＩＤがＬＩＮＥに届いていた。

こんな短時間でやり取りをしたのか？　なんか、すごい。目を丸くしていると、花音が言葉を付け加えた。

「お見舞いに行ってもいいかは、司くんが自分で聞いて」

「……わかった」

それくらいは自分ですべきだろう。中堂結菜に連絡を取ってもらっただけでも感謝すべきだ。

「ありがとう」

「ううん。ノープロブレム」

花音は首を横に振ってから、当たり前のことを言う口調で、とんでもない発言をしたのだった。

「結菜のこと、好きなんでしょ？　わたし、青春している人たちって嫌いじゃないから」

直球だった。剛速球だ。お茶を飲んでいたら、きっと吹き出していた。否定しそうになったが、否定してはならない気がした。

だけど頷く度胸もなかった。好きだと宣言する度胸はない。結局、何も言えずに突っ立っていた。こういうところが、きっとダメなのだ。

花音は花音で、司の返事など待っていなかった。いつものクールな表情が嘘のように、うっとりした乙女顔になり呟いた。

「司くんと結菜のカプなら推せるわ」

「はい？」

「ううん。こっちのことだから気にしないで」

「こっちのこと？」

何を言われているのかわからず重ねて問い返したが、花音は返事をすることなく話を切り上げた。

「わたしが面倒を見られるのはここまで。あとは自分たちで青春してね」

それじゃあ、と言って帰ってしまったのであった。

○

学校は終わり、司は家に帰ってきた。両親は共働きで、まだ帰って来ない。静まり返ったマンションで、メチャクチャ緊張していた。

「早く送らないと……」

中堂結菜へのＬＩＮＥのことだ。母親以外の女の人にＬＩＮＥを送るのは初めてだった。クラスや部活動の連絡とかはしたことがあったが、女子と個人的なやり取りをしたことがなかった。

ＩＤを教えてもらったのだから、早く送ったほうがいいだろう。ぐずぐずしていたら今日が終わってしまう。時間が経てば、それだけ送りにくくなるものだ。

「よし。送るぞ」

自分に勢いをつけて、やっとＬＩＮＥを送った。

――次の日曜日に、お見舞いに行ってもいいかな？

いきなりすぎるかと思いもしたけれど、取り消したところで、気の利いた言葉は思い浮かびそうになかった。

じっとスマホを見ているうちに一分が経ち、二分が経ち、三分がすぎた。無視されたんじゃないか、と不安な気持ちになった。それを誤魔化すように、少し大きな声で呟いた。

「こんなに早く返事はこないか」

この台詞が合図だったみたいに、中堂結菜からＬＩＮＥが届いた。

――うん。嬉しい。ありがとう
短いメッセージだったけれど、スタンプも付いていなかったけれど、司は嬉しかった。何度も何度も、もらったメッセージを読み返した。

お見舞いに行ってもいいんだ。

そう思った。これで彼女に会える。

○

そして、日曜日になった。少し曇っているが、とりあえず雨は降っていないし、それほど寒くもない。ダウンジャケットを着て出かけたものの、ファスナーは閉めなかった。

風を受けて、ダウンジャケットが少し膨らむ。内房の風は乾いていて、熱《ほて》った顔に心地いい。自転車には乗らず歩いてきた。特に理由はない。歩きたい気分だった。その結果、少し調子に乗りすぎた。

午後一時ごろに行くから、とＬＩＮＥで中堂結菜に伝えたけれど、午前八時半すぎには病院の前の道路にいた。家にいても落ち着かず出てきたのだが、いくら何でも早すぎる。どこかで時間を潰してから病院に行くつもりだったのに、ぼんやり歩いているうちに着いてしまったのであった。

約束の時間前に病室に行くのは迷惑だろうし、そもそも面会時間は午後からだ。このまま行っても、たぶん、いるところがない。待合室くらいはあるだろうが、健康な人間が陣取るのもよくない気がした。司は足を止め、病院に続く道路の脇で立ち尽くした。

今さら、どうしようかと考えた。司の自宅は木更津市内にあって、これから家に帰って出直しても、十分に間に合う時間だったが、さすがに帰るのは面倒くさい。また、そういう気分でもなかった。

どこかで時間を潰さなければならないけれど、遊び回るタイプではない司は詳しくない。思い浮かぶのは、イオンくらいだった。

ここからだと少し遠いけど、歩いていけない距離ではない。そこに行けば、ファストフードやファミレスがある。ＹｏｕＴｕｂｅやＴｉｋＴｏｋでも見ていれば、時間を潰すことができるだろう。

そういえば三十分くらい前に、花音がおすすめの動画を送ってきた。ＬＩＮＥの返事はしたけど、動画はまだちゃんと見ていない。知らない歌手のＹｏｕＴｕｂｅだった。それを見ればいい。

「決まりだな。うん、そうしよ」

自分に言い聞かせるように独り言を呟き、イオンに向かおうと踵を返しかけたときだった。事件と言っていい出来事が起こった。

それは、司の人生を変える出来事だった。

何の前触れもなく、司の真横にブルーのワゴン車が停まった。道路は空いていて、そもそも停まるようなところではない。わざわざ司のそばまで来て、停めたように見えた。

「え……?」

司は、ぎょっとする。親が乗っているのは軽自動車だし、近所や親戚にもワゴン車を運転する人間はいない。

不穏だった。殺人鬼が、ワゴン車で女性や子どもを誘拐する海外ドラマを見たばかりだったからかもしれない。そこまでいかなくとも、犯罪被害者になることを想像するのは、考えすぎではないような気がする。

走って逃げるか大声を上げるべきだったのだろうが、身体も喉も凍りついていた。また、そんな暇もなかった。司が何かするより先にワゴン車の窓ガラスが開き、知らない男の人が——それも怖そうな男の人が顔を出した。

顔立ちが整っていることもあって、それこそ海外ドラマや映画に出てくる殺し屋みたいに見えた。

「佐伯司くんだね」

低い声で声をかけられた。フルネームだった。こっちをじっと見ている。司は腰が抜けそうになった。

どうにか持ちこたえたのは、暴力団や半グレのような雰囲気がなかったからだ。むしろ、その反対の職業が思い浮かんだ。司は、おそるおそる質問する。

「……警察の人ですか?」

「まさか」

　素っ気ない口調で否定された。司の顔から血の気が引いていった。警察じゃなければ、きっとヤバい人だ。殺し屋だ。殺人鬼だ。自分は、きっと誘拐されて拷問にかけられる。

　勝手に決め付けて身構えていると、男の人が名乗った。ある意味、殺し屋よりヤバい人だった。

「おれは、中堂陸。きみと同じクラスの中堂結菜の兄だ」

　時間が止まったような気がした。少なくとも、司の時間は止まっていた。やがて動き出したが、意味のある言葉を発することはできなかった。

「……え？」

　よほど、きょとんとした顔だったのだろう。男の人——中堂陸さんが、眉根を寄せて聞いてきた。

「ん？　クラスメートじゃなかったのかな」

「い、いいえ！　クラスメートです！　同じクラスです！」

　慌てて答えたが、疑問が浮かんでいた。そもそも中堂陸さんが、どうして自分を知っているのかわからない。また、ここに登場した理由もわからない。

　お見舞いに行く予定を妹から聞いたとしても、こんなに早く来るとは予想できないはずだし、司の顔を知っているのは謎だった。ＳＮＳもやっていないから検索しても出て来ないはずだ。

もしかすると、クラス写真を見たのだろうか？　聞いてみたかったけれど、初対面の怖そうな大人に質問する勇気はなかった。

司が黙っていると、逆に中堂陸さんがふたたび聞いてきた。いくつかの質問を立て続けにする。

「結菜の見舞いに来てくれたんだろ？」

「……はい」

「面会時間は午後からだから、まだ早いよね？」

「……はい」

「何か用事があって早く来たの？」

「……いいえ」

警察の尋問を受けている気分だった。司は生きた心地がしない。妹に近づくな、と叱られると思ったのだ。漫画とかでよくあるパターンだ。

「あ、あの……。な……中堂結菜さんのお兄さんは、どうしてここに？」

「陸でいい。長いと呼びにくいだろう」

フレンドリーに言うが、司の質問には答えてくれなかった。

「じゃあ、一緒に行こうか？　もしよかったらだけど、乗っていくか？」

中堂結菜のお兄さん——陸さんは当たり前のように言って、司のためにワゴン車のドアを開けてくれた。助手席ではなく、後部座席だ。

話の流れからして、病院まで送ってくれるということだろう。たぶん、一緒にお見舞いに行こうと言っているのだ。

面会時間は午後からで、まだかなり早いが、お兄さんと一緒なら大丈夫かもしれない。病院の面会ルールは知らないけれど、家族がお見舞いする場合には特別扱いがあるような気もする。

本音を言えば、中堂結菜のお見舞いには一人で行きたかったが、断るのは無理だ。そんな度胸はなかった。司の取るべき道は一つしかない。

「ありがとうございます」

お礼を言って、ワゴン車に乗った。その瞬間、陸さんが唇の端を持ち上げるようにして笑った。普通に笑っただけかもしれないが、不穏な笑みに見えた。たとえるなら、獲物を捕まえた狩人の顔である。

「礼を言う必要はない。おれが勝手にやっていることだ」

おかしな言葉ではないのに、これも不穏に思えた。顔を引き攣らせる司を尻目に、陸さんがワゴン車のドアを閉めた。バタンと音を立てて、外の世界と隔てられた。逃げ場を塞がれた小動物の気分になった。いつだったかＹｏｕＴｕｂｅだかＴｉｋＴｏｋだかで聴いた昔の名曲『ドナドナ』が耳の奥で流れ始めた。車内は暖房が効いているのに寒気がした。

「シートベルトをしてくれ」陸さんは命じる。

「……はい」司は頷いた。

自分の首に縄をかけるような気持ちでシートベルトを締めると、ワゴン車が走り出した。

病院とは反対方向に。


ワゴン車は、山奥のほうへと向かっていく。司の知らない場所を走っていた。お見舞いに行くはずだった病院はもう見えない。スピード違反なんてしていないのに、ものすごく速く走っているように感じる。流れ星みたいに、風景が背後に流れていく。

これまでの人生が、脳裏に浮かんでいた。メリーゴーランドのように子どものころからの思い出が駆け巡っていく。走馬灯というやつだろうか？　親孝行できなかったな、と過去形で思ったりした。

考えてみれば、陸さんが本当に中堂結菜の兄なのかわからない。あまり似ていないし、年齢が離れすぎているような気もする。

このまま考え続けたら気を失ってしまいそうだから、とりあえず本物だということにして質問した。

「あの……。ど、どこに行くんでしょうか？」

「秘密だ」陸さんは答える。

「……わかりました」司は返事をした。

自動車のエンジン音が、やけに大きく聞こえる。司は口を噤み、走馬灯の続きを見た。

そうしているうちに、建物が消えていった。車窓からは、ほとんど田畑と山しか見えない。鬱蒼とした雑木林を縫うように道路が走っていて、今にもイノシシが飛び出してきそうなところだった。ひとけのない山が、道路脇にある。再放送でやっていたテレビのサスペンスドラマを思い出す。

殺されて埋められちゃったりして。

気を紛らわせようと冗談のつもりで思ったのだが、冗談になっていなかった。ちっとも笑えない。絶対に笑えない。走馬灯が加速するだけだった。

緊張の時間に耐えかねて貧血を起こしそうになったころ、司を乗せたワゴン車が停まった。

「着いたぞ」

「え？」

想像していたところと違う。埋められる感じではなかった。目の前にあるのは、普通の家だ。どこにでもありそうな建売住宅風の家で、昔の映画に出てくる田舎の家みたいに庭が広かった。柿の木が植えてあって、畑まである。ただ十二月だからか、作物は見当たらなかった。寒々としているけれど、どことなく温かみもある不思議な風景だ。

その庭の入り口のところに、大きな看板が立ててあった。遠くからでも読めそうな極太の筆文字で、こんな文字が書いてある。

もんた陶芸教室

今に始まったことではないが、わけがわからなすぎる。説明を求めて運転席に目を向けると、陸さんが小さく頷いた。その通りだと言わんばかりだけど、何がその通りなのかまったくわからない。

「それじゃあ、行くとするか」

陸さんはワゴン車から降りて、陶芸教室に入っていった。自分の家に帰ってきたような足取りだったが、入り口のところで「おはようございます。二名でお願いします」と言っているので、陸さんの自宅ではないだろう。

こんなところに取り残されても困るので、司も自動車を降りて、陸さんのあとを追いかけた。おずおずと家をのぞくと、挨拶をされた。

「やあ、おはよう」

「おはようございます」

そう言ったのは、白髪頭のおじいさんと三十歳くらいの女の人だった。高校生の司が、大人の陸さんと一緒にいるのを見ても、何とも思わないようだ。

「……おはようございます」

とりあえず挨拶を返すと、女の人に席に案内された。今さら説明の必要はないだろうが、司は流されやすい性格をしている。

気づいたときには、陶芸教室の生徒にされていた。これから体験教室が始まるらしい。さっきの「二名でお願いします」という陸さんの台詞は、司の分の陶芸教室も申し込んだものだったみたいだ。

そう言ってくれればいいのに、と思うより、怖い目に遭わずに済んで胸を撫で下ろした。

中堂結菜と約束した面会まで時間も余っているし、陶芸にも興味があった。司は逆らわずに席に座った。陸さんの隣の席だった。

他にも生徒はいるが、高齢者が多く、しかも疎《まば》らだった。陶芸教室は空席だらけだ。みんな、自分の作品作りに夢中になっていて、司たちに注意を払う者はいない。

「おれは土鍋を作ろうと思う」

聞いてもいないのに、陸さんが話しかけてきた。司は周囲を気にしながら、小声で聞き返す。

「土鍋なんて作れるんですか？」

「そんなに難しくない」

陸さんは答えた。陶芸を趣味にしているか、この教室の常連なのだろう。少なくとも初心者ではないようだ。初心者は土鍋を作ろうと思わない気がする。他の生徒を見ても、土鍋を作っているらしき人はいない。湯呑みやごはん茶碗、小皿のようなものが多かった。

陶芸教室と言っても授業があるわけではなく、けっこうフリーダムだ。教室への出入りは自由だし、勝手に好きなものを作っていいみたいだ。

だが放置されるというわけではなく、スタッフの女の人が教室を巡回しながら受講者に声をかけている。司にも話しかけてきた。

「何を作りますか？」

「ええと……。じゃあコーヒーカップを」

深く考えずに答えた。それなら自分にも作れそうだと思ったのかもしれない。コーヒーが好きだったということもある。

「この教室では、手びねりをおすすめしています」

電動ろくろを使わずに、粘土を指先で伸ばしながら成形する方法のことだ。「大人の粘土遊び」と言われることもある。出来映えはともかく、素人でも楽しめる。司も手びねりでコーヒーカップを作ることになった。

スタッフの女の人に教えられつつ粘土をこねていると、隣で作業を始めていた陸さんが話しかけてきた。

「お、できるじゃないか。上手いな。やったことがあるのか？」

「は……はい。一度だけ」

去年、家族旅行に行ったときに、体験レッスンを受けたことがあった。そのときも手びねりでコーヒーカップを作った。それだけの経験しかないから褒められるほど上手くはなかろうが、土をいじるのは嫌いではない。またやりたいと思っていたところだった。

陶芸に癒やされる者は多いという。ぐにゃぐにゃした粘土の形を自由に変えることで、ストレス解消やリラックス効果が期待できるという話を聞いたこともある。高校生だってストレスは溜まる。リラックスしたいときだってある。

行く先も教えられずに連れてこられた場所だったが、司は早くも陶芸に熱中し始めていた。無心で手びねりを続けていくうちに、土の塊がコーヒーカップの形になってきた。

「いい感じだな」

陸さんが、また褒めてくれた。司を気にしてくれているのだ。顔や雰囲気が怖いだけで、優しい人なのかもしれない。説明不足というか、言葉が足りないタイプみたいだけれど。

「ありがとうございます」

手を動かしながら司が言うと、陸さんが少し考えるような顔をしてから続けた。

「もしよかったら、それを結菜への見舞いにしてやってくれないか?」


——お見舞い。


「……あ」

声がこぼれ落ちて、粘土をこねていた手が止まった。司ときたら、お見舞いのことを忘れていたのだ。

中堂結菜に会えるんだと緊張しすぎて——LINEできたのが嬉しすぎて、何か持っていくべきだという当たり前のことが頭の片隅にもなかった。

陸さんの提案は渡りに舟だけど……。

司は作りかけのコーヒーカップに目を落とした。滑らかに作ったつもりだけど、凸凹していて歪な形をしていた。完成しても、店で売っているみたいにはならないだろう。

「こんなのがお見舞いになるでしょうか?」

「なる。手作りのコーヒーカップなんて最高じゃないか。この世に一つしかないんだぞ」

自信を持てない司を励ますように言ってから、小さな声で付け加えた。

「それに、妹はこういうものが好きなんだ」

その瞬間、司の胸が温かくなった。そういうことだったんだ、と納得する。ようやく陶芸教室に連れてこられた理由がわかったような気がした。きっと、お見舞いにぴったりの物を教えてくれるためだったのだ。

「ありがとうございます。お見舞いに持っていきます」

司は、陸さんにお礼を言った。場違いなほど、ちゃんと頭を下げた。陸さんは照れくさそうに苦笑しているが、そうせずにいられなかった。おかげで片思いをしている彼女に、喜んでもらえるお見舞いを用意することができたのだから。

けれど感謝するのは早かった。粘土がコーヒーカップの形になり、これから窯で焼こうかというときになって、白髪頭のおじいさん——陶芸教室の先生が話しかけてきた。

「陸が連れてきただけあって、なかなか筋がいい」

司の成形した粘土を見て褒めてくれた。ここまではいい。師匠に褒められたみたいで嬉しかった。しかし、続きがあった。

「完成はだいたい一ヶ月後だから、そのころに取りにいらっしゃい」

「い、一ヶ月後!?」

司の口から悲鳴にも似た声が漏れた。そこそこ大きな声だったと思うが、先生は動じない。

「うん。ここに書いてある日付に渡せるから」

小さな紙をもらった。そこには、一月中旬の日にちが書いてある。先生の言うように、およそ一ヶ月後だ。

そうだった。すっかり忘れていたけれど、その日のうちに完成するものではなかった。陶芸は時間がかかる。

数日から数週間かけて粘土を乾燥させて、それから窯で焼き、研磨したり釉薬を塗ったりしなければならない。ちなみに多くの陶芸教室では、粘土で形を作ったあとの工程はスタッフがやってくれる。

家族旅行で陶芸の体験レッスンを受けたときも、焼き上がるまで一ヶ月かかって、宅配便で送ってもらったことを今になって思い出した。

つまり、このコーヒーカップを中堂結菜のお見舞いにすることはできない。すると、さっきの陸さんの台詞はなんだったんだろう？　完成まで一ヶ月かかることを知らなかったのだろうか？

陸さんは、この陶芸教室の常連にしか見えないのだが。どう見ても素人ではないのだが。完成するまで時間がかかることを知らないとは思えないのだが。

司は、陸さんの顔を見た。

陸さんは、無言で頷く。

頷かれた意味がわからなくて、ちゃんと聞いてみようと思ったとき、陸さんが先手を打つように立ち上がり、司に言った。

「病院まで送っていこう。そろそろ面会時間だ」

○

病院に着いた。日曜日の入院病棟の廊下は静かだった。司は、その廊下を一人で歩いている。陸さんはいない。

一緒にお見舞いに行くものだと思っていたら、病院の駐車場に着くなり重い紙袋を司に押し付けるように渡して、「すまんが、妹に渡してくれ。これから仕事でな」と言って帰ってしまった。

「これから仕事って……」

陸さんの大きな背中を見送りながら、司は首をひねった。いったい、何だったんだろう？

詐欺を疑ってもいいところだが、お金を請求されたわけではない。被害と言えば精神的ダメージを受けたくらいのもので、むしろ陶芸教室代を出してもらった。

他人の考えていることはわからないし、陸さんのことを考えている場合でもなかった。これから彼女と会えるのだ。スマホを見ると、お見舞いに行くと約束した時間の三分前だった。

司は、受付で教えられた病室に向かった。エレベーターに乗って廊下を歩いていくと、名前の書かれたプレートが目に飛び込んできた。

中堂結菜様

事前に聞いてはいたが、個室だった。つまり、他に患者はいない。病室のドアは開けっぱなしになっていて、勝手に入って行けそうだったけれど、もちろん声をかけたほうがいいだろう。司は開いたままになっているドアをノックし、病室の中に向かって言った。

「さ……佐伯です。佐伯司です。ええと……。お見舞いに来ました」

緊張しすぎてしどろもどろになったが、どうにか名前を伝えることはできた。さっき受付で面会の手続きをしたので、司が病院に着いたことは彼女も知っているはずだ。駐車場からＬＩＮＥも送ってある。

「はい。どうぞ」

彼女が返事をした。ただでさえドキドキしていた司の心臓が飛び跳ねるように高鳴った。心臓が、口から飛び出してしまいそうだ。

病室の中から暖かい空気が流れてくる。消毒液のにおいが交じっていた。彼女は、この空気の中で暮らしている。もう、ずっと病室から出ていない。

司が緊張しすぎて固まっていると、中堂結菜が催促するような口調でまた言ってきた。

「入っても大丈夫だよ」

「……失礼します」

職員室に入るときみたいに返事をして、司は病室に足を踏み入れた。

彼女しかいなかった。医者も看護師も、見舞客もいない。中堂結菜は枕を背もたれにしてベッドに座っていた。普通に元気そうに見えたし、顔色も学校に来ていたころと変わっていない。ただ少し痩せたように思える。

それから、当たり前なんだろうけど、中堂結菜はパジャマ姿だった。司はいっそうドギマギした。あまり見てはいけない気もするが、目を逸らすのも不自然だ。どこを見て話せばいいのかわからない。いや、それ以前に、何を話せばいいのかわからなかった。

司がそんなふうに困っていると、中堂結菜が話しかけてくれた。

「よかったら座って」

ベッドの脇に椅子が置いてあった。遠慮するのも変な話なので、「うん。ありがとう」と司は言って腰を下ろした。

「本当に来てくれたんだね」

「うん……。来た……」

間抜けな返事をしてしまった。これだけの会話で、もう、頭の中が真っ白になっていた。図書委員の仕事中や学校帰りでさえ上手くしゃべれないのに、この状況で話せるわけがない。

「わざわざありがとう」

「うん……」

そればっかりである。早くも会話が途切れてしまった。これじゃあダメだ。ダメすぎる。お見舞いどころか会話になっていない。つまらない男子だと思われてしまう。もう思われているだろうけど。

「さっき陸さんと……」

苦し紛れにひねり出したが、あとが続かない。入院中の女子相手にフリートークするスキルなんてなかった。

だが、ここから会話が始まった。中堂結菜が不思議そうに聞いてきたのであった。

「陸さん？　お兄ちゃんと知り合いだったの？」

今日あったことを何も知らないみたいだ。言わなければよかったと思ったが、あとの祭りであった。彼女は、たぶん司と陸さんの関係を知りたがっている。

隠すようなことではないけれど、手短に説明するのは難しい。まさか、山奥に埋められるかと思った関係だとは言えない。そもそも司自身、陸さんが何を考えて声をかけてきたのかわかっていないのだ。

「う……うん。知り合いと言えば知り合いみたいな」

司はどうにか答えたが、控え目に言って怪しげな返事になってしまった。それなのに、中堂結菜は納得した。

「そっか。お店に行ってくれたんだね」

お店？　陶芸教室のことだろうか？　表現的に違うような気もしたけれど、それ以外の場所には行っていないから、司は頷いた。

「まあ、そんな感じ」

助け船には乗る派であった。その結果、よくわからない方向に流されていくことも多く、今回もそのパターンだった。司の返事を聞いて、中堂結菜が独り言を呟くみたいに言った。

「花音も、お兄ちゃんのお店に行ったって言ってたなあ」

「え？　花音が？」

食い気味に聞き返したのは、陸さんが司を知っていた理由がわかったような気がしたからだ。きっと花音が話したのだ。

花音からまだ見ていない動画が送られてきたときに、「もう病院の近くにいる。

早く来すぎた」とLINEで話した。テンションが上がりすぎて、言わなくてもいいことまで、今、どのあたりにいるかまで伝えてしまった。

やっと謎が解けた気がした。けれど、それを話すより先に、中堂結菜がふたたび呟くように言った。

「お兄ちゃんだけじゃなくて、花音のことも下の名前で呼ぶんだね。佐伯くん、花音とすごく仲いいもんね」

ん？

なんか誤解されている。そう呼んでいるのは、花音本人に命じられたからにすぎない。

「仲よくはないと思うけど……」

司は言葉を返した。上手く説明できないが、花音はそういうジャンルの女子ではない。仲がいいとか悪いの範疇を超えている。チート花音、ストロング花音と呼ばれているような女子なのだから。

「ううん。仲いいよ。だって花音とLINEも交換してるし」

彼女が言い返してきた。ちょっとしつこい。

「中堂さんとも交換したじゃん」

「でもわたしのことは、下の名前で呼ばないよ」

微妙に喧嘩みたいになってしまった。売り言葉に買い言葉とでも言おうか。司のくせに、柄にもないことを口走ってしまった。

「それじゃあ、中堂さんを下の名前で呼んでいい？」

チャラい男みたいな台詞だった。中堂結菜が口を閉じ、目を軽く見開くような、びっくりした顔になった。

失敗だ。自分の台詞が、全力で気持ち悪い。せっかくＬＩＮＥまで交換できたのに、こんなことを言ったら気持ち悪い男子だと思われてしまう。絶対に嫌われた。台なしだ。何もかも台なしだ。

冗談にするスキルもなく、フォローする言葉も思い浮かばなかった。謝るべきかもしれないが、どう言えばいいのかわからない。

とんでもなく恥ずかしかった。恥ずかしすぎて病院の窓から飛び降りたい衝動に駆られていると、中堂結菜が小さな声で言った。

「ええと……。う……うん……。いいよ。名字でも下の名前でも、佐伯くんの呼びやすいほうでいいよ」

彼女の発した言葉の意味が脳みそに届くまで、何秒かかかった。

「……え？」

ええっ？　ええええっ!?　大声を出さないように耐えることができたのは、ここが病院だという自覚があったからだ。騒いではいけない。大声を出してはならない。

よく言えば常識人だったことが幸いして、そこまで取り乱さずに済んだ。でも、もう少し落ち着こう。とにかく落ち着こう。自分に言い聞かせるように深呼吸してから、今さら手遅れのポーカーフェイスを装って質問した。

「中堂さんのこと、下の名前で呼んでいいっていうこと？」

すぐに返事があった。中堂結菜が消え入りそうな小さな声で、だけど、はっきりと答えた。

「うん。友達だから」

友達だから。友達だから。友達だから。母親がよく聴いている昔のラブソングみたいに、頭の中でリフレインする。その歌詞とはぜんぜん違う言葉だけど、司の頭の奥でリフレインが叫んでいる。

いくら司でも、ここで何を言うべきかはわかる。なけなしの勇気を振り絞って質問した。

「……そしたら『結菜ちゃん』って呼んでいい？」

「う……うん。いいよ。それでいい」

中堂結菜――いや、結菜ちゃんは頷いた。嬉しかった。すごく、すごく、すごく嬉しかった。まさかの展開だ。

こんなふうに話が進むなんて思っていなかった。頬が緩みそうになるのを我慢していると、今度は結菜ちゃんが聞いてきた。

「わたしも『司くん』って呼んでいい？」

「も……もちろん……」

返事をしたついでに彼女を見ると目が合ってしまい、そんな必要もないのに慌てて逸らした。

一瞬しか見ていないけど、結菜ちゃんの頬は赤くなっていた。でも司の顔は、もっと赤くなっているはずだ。顔全体が熱かった。耳まで熱い。どうしようもなく熱かった。


面会は、三十分を目安に終わらせるように言われている。手術前の彼女を疲れさせないためだろう。時計を見ると、あと半分くらいしか残っていない。時間はすぐに経ってしまう。

そのときになって、右手に紙袋を持っていることを思い出した。陸さんから押し付けられた紙袋だ。結菜ちゃんへのお見舞いだろう。プラスチック容器らしきものと新聞紙で包んだ何かが入っていて、けっこう重い。危うく忘れるところだった。

司は、今ごろになって紙袋を渡した。

「これ、陸さんから」

結菜ちゃんが首をひねりながら受け取る。

「昨日もお見舞いに来たのに……」

言われてみれば不思議だ。お見舞いに来ているのなら、自分で渡せばいい。わざわざ司に持たせる必要はない。

「何だろう？　保冷剤が入ってるみたいだけど」

そう言いながら、結菜ちゃんが紙袋の中身をテーブルに並べた。やっぱり新聞紙の包みとプラスチック容器が入っていて、保冷剤は容器のほうにだけ付いている。

「……お弁当？」

思いつきを口にすると、結菜ちゃんが「そうかも」と頷いた。そして、プラスチック容器に手を伸ばす。

「開けてみるね」

二人で額を寄せるようにして、中身を見た。おむすびと味噌を小さく丸めたようなものが入っていた。

「ええと……」

司は首を傾げた。おむすびはともかく、この味噌は何だろう？　両方とも三つずつ入っていて、一つ一つがラップで丁寧に包まれている。サイズ的にも、個包装の手作りお菓子みたいだった。

それらを凝視していると、結菜ちゃんがまた言った。

「あ、可愛い」

司が首を傾げているうちに、新聞紙の包みを開けたのだ。小さな——すごく小さな土鍋が二つ入っていた。白と黒が各一つずつで、セットみたいだった。夫婦茶碗の土鍋版みたいな感じだ。

「伊賀焼《いがやき》かなあ」

「そ……そうなのかな……」

司には、わからない。結菜ちゃんも陶芸をやるのだろうか、と思った。詳しそうな言い方だった。

それにしても可愛らしい土鍋だ。普通の土鍋みたいに蓋が付いているが、ごはん茶碗くらいの大きさしかない。一人用の鍋にしても小さく見える。

結菜ちゃんが土鍋を置き、紙袋に入っていたものがテーブルに並んだ。

おむすび
味噌を丸めたようなもの
二つの小さな土鍋

土鍋は手作りみたいに見えるから、もしかすると陸さん自身が作ったものなのかもしれない。そういえば、陶芸教室でも土鍋を作っていた。

「これ、陸さんが作ったんだよね」

「そうだと思う。たぶん新作」

結菜ちゃんはそう答えてから、注釈を加えた。

「知ってるかもしれないけど、お兄ちゃんは陶芸作家でもあるの。それで生活しているわけじゃないから、趣味みたいなものだけど、師匠のお店で一緒に売ってもらったりするんだよ」

師匠というのは、陶芸教室のおじいさんのことだろうか。そこはわからないけど、陶芸作家なんて渋い。

陸さんは見た目もそうだが、大人の男って感じで格好いい。司がそう言うと、結菜ちゃんが小さく笑った。

「格好よくないよ。すごく緊張する人なんだよ。お店をやっているくせに、緊張するとボロボロになっちゃって、敬語も丁寧語も忘れちゃうんだから。お店に好きな人とか来たら、きっと大変なことになると思う」

「へえ。そうなんだ」

硬派に見える陸さんでも緊張するんだ、と意外に思った。でも、好きな人の前でボロボロになるというのは理解できる。

「陸さんが大変なことになっているところ、見てみたいかも」

半ば本気で言うと、結菜ちゃんが真面目な顔で応じた。

「お店に行けば見られると思うよ。最近は、ずっとボロボロだと思うな」

「え?」

「ううん。こっちのこと。あんまりしゃべると怒られちゃうから。アルバイトの人がいるときに、お店に行ってみて」

　意味ありげに言ってから、話題を変えるように司に聞いてきた。

「それより一緒に食べない？」

　小さなおむすびを分けてくれるみたいだ。ここは遠慮しないほうがいいだろうし、実際に空腹だった。朝早く家を出てきてから何も食べていなかった。陸さんのことは気になったが、そんな話ばかりしていたら面会時間が終わってしまう。

「ありがとう」

　おむすびをもらうつもりでそう答えたのだが、結菜ちゃんはくれなかった。プラスチック容器と小さな土鍋を紙袋に戻し、司に言った。

「ちょっと待っててね」

　そして、紙袋を持ってベッドから立ち上がったのだった。これには驚いた。司は思わず腰を浮かせた。

「起きても大丈夫なの？」

「ちょっと歩くくらいなら平気。心配しなくて大丈夫だよ」

「本当に？」

「うん。大丈夫」

　司を安心させるように頷いてから、部屋の隅のほうへと歩いていった。司はハラハラして見ていたが、入院する前と変わらない足取りだった。本当に大丈夫みたいで、普通に歩いている。

視線を部屋の隅に向けると、保温用ポットや急須とかが置かれているテーブルがあった。そこに行こうとしているようだ。

「お兄ちゃん、ちゃんと洗ったと思うから。あれで綺麗好きなの」

結菜ちゃんがふいに言った。唐突すぎて、司は、彼女が何の話をしているのかわからなかった。ただ、陸さんが綺麗好きなのは意外ではない。顔立ちと言い、服装と言い、何なら潔癖症に見える。

それはともかく、結菜ちゃんはお茶を淹れようとしているんだと思った。話していれば喉は渇く。喉が渇いていなくても、水分はちゃんと摂るべきだ。冬は意外と脱水症状になりやすい、とネットに書いてあった。

「手伝おうか?」

「平気。手伝うほどのことじゃないから。司くんは座ってて」

立ち上がりかけた司を制するように言って、結菜ちゃんは部屋の隅にあるテーブルに辿り着き、作業を始めた。

司の場所からは何をやっているのかよく見えなかったけど、お湯を注いで何かかき混ぜているみたいだ。

ホットココアかインスタントコーヒーを作っているのだろうか? ずいぶん手慣れている。そして、その作業は三分もしないうちに終わった。

「これで完成」

結菜ちゃんが宣言するように言ってから、二つの小さな土鍋を両手に持って戻ってきた。ココアでもコーヒーでも、お茶でもなかった。湯気が立っていて、温かい味噌の香りがする。

「もしかして、ごはんを作ったの？」

司は、まさかと思いながら聞いた。病室で、しかも、こんな短い時間で料理を作ったのだろうか？

「作ったってほどじゃないけど」

謙遜するように言いながら土鍋を司の前のテーブルに置いて、お店の人みたいな口調で作ったばかりの料理を紹介した。

「お待たせいたしました。しっぽ食堂特製・味噌玉雑炊です」

知らなかったことがある。陸さんの本業は料理人で、『しっぽ食堂』という飲食店をやっているらしい。

「そのお店にね、しっぽの長い三毛猫がいるの。近くの神社に捨てられていたのを、わたしが拾ったんだよ」

結菜ちゃんが教えてくれた。その猫の名前が「しっぽ」で、そこから食堂の名前を付けたという。

「土鍋料理のお店なの」

自慢するような口調だった。拾った猫の名前から取ったということは、それほど古いお店ではないだろう。まあ最近の猫はけっこう長生きだから、十年はやっている可能性もあるけれど。

「よく手伝ってたの」

結菜ちゃんは続けた。じゃがいもの皮むきみたいな下準備や接客とかもやっていたようだ。料理の本もたくさん読んだという。だから、プラスチック容器に入っていた謎の味噌のかたまりの正体も知っていた。

「見たままだけど、味噌玉っていうんだよ」

「味噌玉?」

司は復誦するように言った。たぶん、初めて聞いた名前だった。結菜ちゃんが説明を加える。

「手作りのインスタント味噌汁って感じ」

長ねぎや生姜などの具材を刻み、だしと味噌と混ぜ合わせて丸めたものらしい。

「戦国武将も食べていたんだって」

「そんなに昔からあるんだ」

司は興味を惹かれた。現在の味噌玉とまったく同じものではないみたいだけど、ゲームに出てくる戦国武将たちが食べていたと思うと感動する。織田信長や伊達政宗、真田幸村とかも食べていたのだろうか？

もう少し戦国武将の話を聞きたかったたし、ゲームにも触れたかったが、結菜ちゃんは興味がないみたいで、早々《そうそう》に話を変えてしまった。

「冷蔵庫でも冷凍庫でも保存できるんだって」

「冷凍庫に入れたら、凍っちゃわない？」

いくらお湯を注ぐものだとはいえ、カチコチになっていたら使いにくそうだ。分量によっては温かい味噌汁にならないような気がする。

「味噌は凍らないいんだよ」

豆知識を披露するみたいに教えてくれた。味噌を冷凍庫に入れてもシャーベット状になるだけで、完全には凍らないから使いにくくならないという。しかも三ヶ月は大丈夫だというから、保存食品としても優れている。

結菜ちゃんはその味噌玉をポットのお湯で溶いて、そこに小さなおむすびを入れたのだった。

「お兄ちゃんが作った味噌玉を使っているから、『しっぽ食堂特製・味噌玉雑炊』。さっき考えたんだけど、そのまんまだね」

わざわざ名前を付けたことが照れくさかったのか、はにかむように笑ってから味噌玉雑炊を司にすすめた。

「よかったら食べてみて。わたしも食べるから」

「うん。ありがとう」

司は素直に応じた。いいにおいがして、身体に優しそうに見える。そうじゃなくたって、結菜ちゃんが作ってくれたのだから食べるに決まっている。

紙袋に一緒に入っていたらしく、木製のスプーンが添えてあった。お洒落な感じだから、しっぽ食堂で使っているスプーンなのかもしれない。

「いただきます」

そう言ってからスプーンを手に取り、湯気の立つ味噌玉雑炊を掬った。口に近づけると、味噌の香りが濃くなった。冷たいおむすびを使ったからなのか、そんなに熱くはなく、息を吹きかけなくても食べることができそうだ。

司は、味噌玉雑炊を口に運んだ。その隣で、結菜ちゃんも「いただきます」と食べ始めた。

最初に感じたのは、やっぱり味噌の風味だ。穏やかな塩気とともに舌を包み込む。嚙むたびに、ごはんの素朴な甘さが口の中に広がって、喉を通っていく温かさに身体がほっとしている。

初めて食べたのに懐かしくて、すごく優しい味だった。きっと、食べる人の身体を思って作ったのだろう。ろくに料理をしたことのない司にもわかった。陸さんの思いやりが伝わってくるような料理だった。

そう感じたのは、司だけではなかったようだ。ふいに、ポツンと音が聞こえた。

それは、涙が頬を伝ってテーブルに落ちた音だった。とても小さな音だったけど、司は聞き逃さなかった。

視線を向けると、結菜ちゃんが泣いていた。

静かに、とても静かに泣いていた。


どんなに明るく振る舞っていても、それが本当の姿だとはかぎらない。誰もが多少なりとも無理をして生きている。暗さや悩みごとを抱えながら、精いっぱい明るく見せかけようとする人もいる。結菜ちゃんがそうだった。

温かい味噌玉雑炊を食べて気持ちが緩んだのだろう。あるいは、陸さんの優しさを思い出したのかもしれない。

優しさに触れると、隠していた気持ちがあふれることがある。誰かに聞いてほしくなることがある。話したくなることがある。

「急に泣いちゃって、ごめんね。司くん、びっくりしたよね」

結菜ちゃんは涙をハンカチで拭きながら、照れくさそうに——無理をして笑って見せた。

「うん。平気」

本当は心臓が口から飛び出しそうになっていたけど、ぜんぜん平気じゃなかったけど、がんばって何でもないことのような顔をした。司が動揺していたら、きっと彼女は話しにくい。頼りない自分だけど、好きな女の子には頼りにしてほしかった。

結菜ちゃんはすぐには話さず、口を閉じてテーブルの土鍋を見ていた。病室のドアを開けっぱなしにしているせいだろう。子どもの声が、どこからか聞こえてきた。

保育園か幼稚園に通っているくらいの年齢に思える幼い声が、「先生、あのね」と誰かに話しかけている。お見舞いに来た子どもなのか、入院患者なのかはわからないけれど、幼い声の主が辛い病気にかかっていないことを司は祈った。

病院に置いてあるデジタル時計の数字が何度か変わったあとで、結菜ちゃんが目を伏せたまま話し始めた。

「わたしね、もうすぐ手術するの。心臓の手術をするんだって。たぶん、すごく難しい手術」

医者や陸さんに聞いたわけではなく、自分で調べたんだと彼女は言った。子どものころから心臓の病気に苦しめられているから、パソコンやスマホで調べてみようと思うのは当然だ。司でも同じことをするだろう。知ることは怖いけれど、知らずにいることも怖い。

「来月にはこの世にいないかもしれないんだ」

押し出すように続けた。その声は切なくて、どうしようもなく重かった。司は押し潰されそうだった。高校生には重すぎる告白だ。

受け止めきれずにいると、結菜ちゃんがさらに言った。

「でも、そのほうがいいかなって、死んじゃったほうがいいかなって思うときがあるの」

さらに声が小さくなった。彼女はうつむき、テーブルに視線を落としている。言葉に詰まることなく話しているが、頬を伝う涙は止まらない。テーブルにいくつもの水玉模様ができた。司は、その水たまりをじっと見ている。

「うちには両親がいないの。死んじゃったわけでも離婚したわけでもないんだけど、ずっと一緒に暮らしてないんだ」

どうして？　とは聞けなかった。他人である司が、触れてはいけない事情があるような気がしたのだ。

「それで、おじいちゃんとおばあちゃんの家にいたの」

それについて詳しい話はしなかったが、あまり居心地のいい場所ではなかったようだ。結菜ちゃんが高校に入ったのをきっかけに、きょうだい二人でその家を出て、陸さんはしっぽ食堂を始めたらしい。

「親とかから仕送りをもらっているんだけど、お兄ちゃんはなるべく使いたくないみたい」

両親の話は、そこで終わった。祖父母のことは「おじいちゃん」「おばあちゃん」と呼んだのに、両親のことは「お父さん」「お母さん」とも「パパ」「ママ」とも呼ばなかった。

「だから、今はお兄ちゃんの稼ぎで暮らしているの」

しっぽ食堂だけではなく、陸さんは師匠の陶芸教室の手伝いもしている、と結菜ちゃんは言った。

「お兄ちゃん、すごく大変だと思う。わたしがこんなだから、病院代だってたくさんかかるし、世話もしなければいけないし……。だからわたしがいなくなれば、ちょっとは楽になるかなって」

そんなことない、と結菜ちゃんを励ましたかった。死んだほうがいいなんて思ってほしくなかった。

でも司は、何も知らなかった。彼女が両親と暮らしていないことも、陸さんが食堂をやっていることも今知ったばかりだ。結菜ちゃんの辛い気持ちだって、本当の意味ではわかっていない。

そんな自分がわかったようなことを言っても、幼いころから病気で苦しんでいる彼女を励ますことはきっとできないだろう。

でも黙っていたくなかった。結菜ちゃんを放っておけない。言葉をさがすように視線をさまよわせると、テーブルの上の小さな土鍋が目に入った。

その瞬間、彼女に伝えるべき台詞が見つかった。言わなければならない言葉が、そこにあった。自分が言える言葉はこれしかない。小さく深呼吸をしてから、司は話し始めた。大好きな結菜ちゃんに言った。

「おれ、陶芸教室でコーヒーカップを作ったんだ。まだ焼き上がってなくて、上手にできたかわからないけど、きっと下手くそだろうけど、結菜ちゃんにもらってもらおうと思って作った」

言葉があふれてきた。いつもはちゃんとしゃべれないのに、彼女を見て話すことができた。

「焼き上がるのは一ヶ月後なんだけど、もらってもらえるかな？　誰かのために――好きな女の子のために、何かを作ったのは初めてなんだ」


言ってしまった。


好きだと言ってしまった。司はその言葉を噛み締めた。自分みたいなパッとしない男子が告白なんてしたら、バカにされるかもしれない。迷惑だと言われるかもしれない。笑われるかもしれない。

だけど、そっちのほうがいい。それで彼女が泣き止むなら、いくらバカにされたって平気だ。結菜ちゃんが笑ってくれるなら、それでいい。

言いたいことは言った。司は口を閉じた。彼女も黙っている。うつむいたまま何もしゃべらない。じっと小さな土鍋を見ている。

やっぱり迷惑だったのだろうか？　自分なんかに好きだと言われて、困っているのだろうか?

笑ってもらえなかった。ただ困らせただけなら、何の意味もない。司が恥をかいて、気まずくなっただけだ。

告白したのは、失敗だったのかもしれない。告白なんてしなければ、よかったのかもしれない。

司の心臓の鼓動がまた速くなって、背中に気持ちの悪い汗をかいた。病室から逃げ出したかったけれど、そういうわけにはいかない。これ以上、結菜ちゃんに気まずい思いをさせたくなかった。

さっきまで聞こえていた子どもの声が消えた。沈黙がいっそう重くなった。病室の時計はデジタルだから、その音は聞こえない。司に何も知らせることなく、時間がゆっくりと明日に向かって進んでいく。

息が詰まりそうな長い沈黙のあと、結菜ちゃんが顔をあげて、囁くような小さい声で言った。

「……本当?」

司に聞いたみたいだ。首を動かして、彼女の顔を見た。ふたたび目が合ったけれど、今度は二人とも逸らさなかった。

結菜ちゃんの潤んだ瞳に、地味でパッとしない自分の顔が映っている。たぶん、司の目にも彼女の顔が映っているだろう。

彼女が小さく囁いただけで、周囲の静けさが気にならなくなった。もう沈黙は気にならない。司は何も言わずに、言葉の続きを待った。結菜ちゃんの声を聞きたかった。

その願いは通じた。彼女は三十秒くらい黙ってから、言葉の続きを声に出した。

「本当に、わたしのためにコーヒーカップを作ってくれたの？」

司の言葉は届いていた。告白はスルーされてしまったみたいだけど、顔をあげてくれた。まだ目に涙が残っているけど、もう泣いていなかった。

それだけでいい。司は、自分自身にそう言い聞かせた。笑ってもらうことはできなかったけれど、涙を止めることができた。

スルーされてしまったけれど、好きだという気持ちを伝えることもできた。臆病で気の利かない自分には、上出来だ。勇気を振り絞ることができたのだから、上出来だ。

しかもコーヒーカップを受け取ってくれそうな雰囲気だった。司は小さく頷いて、念のため聞いた。

「うん。もらってくれる？」

「ありがとう」

結菜ちゃんは、司にお礼まで言ってくれた。告白はスルーされたけど。振られてしまったみたいだけど。

そう思うと、さすがに落ち込む。結菜ちゃんが泣き止んでよかったと思うのは嘘じゃないが、それとこれとは話が別だ。

言わなかったことにして――告白しなかったことにして、このまま普通に話すべきだろうが、そこまでメンタルは強くなかった。本当に好きだったから。今も大好きだから。

今度は、司の視線が下がった。前を向いていられなくなった。泣いてしまう前に病室から出ていったほうがいい。もうお見舞いに来ることもできないだろう。結菜ちゃんだって、きっと望んでいない。

コーヒーカップは、花音に渡してもらえばいい。何も聞かずに引き受けてくれそうな気がした。

そろそろ帰るから。そう告げようとしたときだった。結菜ちゃんが小さな小さな、すごく小さな声で呟くように言った。

「……あのね、わたしも初めてなの」

「え？」

司は声を漏らした。唐突すぎて意味がわからない。

「何が初めてなの？」

顔をあげて聞き返すと、結菜ちゃんの頬が赤くなった。いや、見ていなかっただけで、ずっと赤かったのかもしれない。そして、その顔のまま意を決したように返事をした。

「好きな男の子にプレゼントをもらうのが、初めてなの」

結菜ちゃんの言葉が脳に届くまで、長い時間がかかった。そのあいだ、司は固まっていた。瞬きをすることさえできなかった。

やがて何を言われたかわかった。三十秒か一分か、もしかしたら、それ以上経ってから、ようやく声を出すことができた。

「……え？」

さっきまで飛び跳ねていた心臓が、止まりそうになっていた。実際、一回や二回くらいは止まったような気がする。

「好きな男の子って……。もしかして、あの……。も、もしかして……」

息も絶え絶えに、たどたどしい日本語で問うように言った。すると結菜ちゃんが小さく頷いた。

「うん。そのもしかして」

「それって……」

司は自分の顔を指差した。結菜ちゃんは口を噤んだ。でも、さっきよりははっきりと頷いた。

「え？　ええ？　ええっ!?」

病院にいるのに少しだけ叫んでしまい、慌てて自分の口を押さえた。信じられなかった。信じられないくらい、嬉しかった。

言葉にできない感情が込み上げてきたけれど、言葉にしなければならない。言わなければ伝わらない気持ちがある。はっきりと言ったほうがいい言葉がある。

司は夢の中で何度も繰り返した言葉を、初めて声に出して本人に伝えた。彼女の顔を見て言った。

「ぼ……ぼくと、付き合ってください」

また沈黙があった。でも、今度の沈黙は短かった。すごく短かった。結菜ちゃんはうつむいたまま、真っ赤な顔で返事をしてくれた。一生忘れられないような言葉をくれた。

「はい。こんなわたしでよかったら」

○

片思いが両思いになった。

ずっとパッとしなかった司の人生に奇跡が起こった。こう言っていいのかわからないけれど、生まれて初めて彼女ができた。

恥ずかしくて照れくさくて、すごく嬉しかった。司は胸がいっぱいになって、ちゃんと話すことができない。結菜ちゃんも黙っていた。二人で赤い顔をしてテーブルを見つめていた。

でも嫌な沈黙ではなかった。この時間がずっと続けばいいと思ったが、司がそうしているあいだも、時計の針は進んでいく。二人でいられる時間は――面会時間はかぎられていた。

彼氏彼女になってから何も話さずに、帰らなければいけない時間になった。タイムアップだ。結菜ちゃんを疲れさせてはいけない。もう数分で、受付で言われた面会時間は終わりだ。

病院の人に叱られる前に帰ろう、と腰を浮かしかけたときだった。司のスマホにＬＩＮＥが届いた。

誰からだろう？

日曜日のこんな時間にＬＩＮＥを送ってくるような友達はいない。心当たりがなかった。

画面に目を落として確認すると、花音からだった。結菜ちゃんにも届いたらしくスマホを見ている。

「司くんも花音から来たの？」

「うん……」

曖昧に頷いたのは、届いたメッセージの意味がわからなかったからだ。花音の言葉は七文字しかなかった。

推せるから見て

そして、ＹｏｕＴｕｂｅのアドレスが貼ってあった。結菜ちゃんのＬＩＮＥにもまったく同じものが届いているみたいだ。

「推せるって何だろう？」

司が聞くと、結菜ちゃんが少し躊躇ってから、どことなく言いにくそうな顔で教えてくれた。

「花音は、カプ厨《ちゅう》なの」

「カプ厨？」

ネットスラングだということは想像できたが、意味までは知らなかった。司は、そっち方面に詳しくない。ゲームをやっているほうが好きで、たまにＹｏｕＴｕｂｅを見る程度だ。

「わたしも、そこまで知っているわけじゃないけど」

結菜ちゃんは、そんなふうに前置きしてから司に教えてくれた。漫画やアニメ、ゲームなどの登場人物同士をくっつけたがる人のことらしい。

言われてみれば、クラスの女子たちがそんな話をしていたし、ネットで見た記憶もある。司のやっている戦国アクションゲームでも、キャラ同士をカップリングしている人がいた。キャラ同士の恋愛を描いた二次創作というか、ＢＬ漫画や小説があることも知っている。

「そうなんだ」

他に返事のしようがない。趣味は人それぞれだ。それはともかく、送られてきた花音のＬＩＮＥが気になった。

こんなときに、何の動画を送ってきたんだろう？　おすすめのアニメ動画でも送ってきたのだろうか？　お見舞い中だと――結菜ちゃんと一緒にいると知っているはずだけど。

疑問に思いながら、改めてスマホの画面を見た。ＹｏｕＴｕｂｅのサムネイルは、二十歳くらいの女の人だった。藍色の作務衣を着ていて、けっこう小柄だ。可愛い系の顔をしている。見たことのない人だ。

同じようにスマホを見ていた結菜ちゃんが、独り言を呟いた。

「あ、撮ったんだ」

「撮った？　何を？」

司が聞くと、結菜ちゃんが何かを察したように言った。

「花音、三次元でもそうなの」

質問への返事になっていなかった。三次元――現実の人間のことだ。好きなアイドルや芸能人同士をカップリングしたがるという意味だろうか？　そういう人がいるのは、何となくだけど想像がついた。

でも、まだ話が見えてこない。花音が動画を送ってきた意味がわからない。首を傾げていると、結菜ちゃんが困ったような顔で続けた。

「それがね、花音の場合、アイドルとか芸能人だけが対象じゃないの」

「と言うと？」

司が先を促すように聞くと、いったん言葉を句切り、小さくため息をついてから、言いにくそうに話してくれた。

「花音ったら、わたしと司くんのことをくっつけようとしてたの」

「あ」

また大声を出しそうになってしまった。思い当たる節があったのだ。学校でＬＩＮＥを交換したとき、「司くんと結菜のカプなら推せるわ」と花音は言っていた。ゲームのキャラクター同士をカップリングするように、くっつけようとしていたのか。普段から、ときどき話しかけてきていたのも、これが目的だったのか。

「で……でも、無理にくっつけようとしてたんじゃないから。花音は、わたしの気持ちを知ってて――」

結菜ちゃんはそこまで言って慌てて口を閉じ、ふたたび赤くなった。手のひらで口を押さえている。

ものすごく可愛かった。彼氏になったばかりの男子としては、彼女を褒めるべきなのだろうが、そんな余裕はなかった。司も真っ赤になっていた。結菜ちゃんの発言の破壊力がすごすぎる。

わたしの気持ちを知ってて。

つまり、ずいぶん前から両思いだったということだ。両片思い——両思いなのに、告白をしていないから相手の気持ちに気付けず、お互いに自分だけが好きだと思い込んでいたのだ。

またしても、二人で赤くなって黙り込んだ。ドキドキするくらい幸せだったけれど、こんなことばかりしていたら、せっかくの面会時間が終わってしまう。もう五分も残っていない。

これ以上、何も話さなくてもいいような気もしたが、ＬＩＮＥで送られてきた動画が気になった。

司は自分のスマホを手に持って、まだ頬を赤らめている結菜ちゃんに提案した。

「花音が送ってきたＹｏｕＴｕｂｅ、一緒に見ない？」

「うん。見る」

すぐに頷いた。結菜ちゃんも気になっていたみたいだ。しかも、ＹｏｕＴｕｂｅのサムネイルの女性を知っていた。

「この動画は見たことないけど、この女の人の——悠木紬さんの歌は、すごくいいんだよ」

「悠木紬さん？」

「歌手なの。もともとお兄ちゃんが大ファンでよく聴いてて、それで、わたしも聴くようになったんだ」

「へえ……」

あの陸さんが大ファン？　硬派なイメージがあったので、若い女性の歌を聴くこと自体が意外だった。ましてやＹｏｕＴｕｂｅを見るなんて予想外だ。ますます動画が気になった。

別々のスマホで再生すると、音が二重になってしまう。だから、司のスマホで一緒に見ることになった。顔を寄せ合うようにして見るのは少し恥ずかしいけれど、司は平静を装った。

「じゃあ再生するから」

断ってからスマホを操作した。ＹｏｕＴｕｂｅの公式サイトに飛び、音量に気をつけながら、ＬＩＮＥに貼ってあった動画を再生する。軽やかな音楽が流れてきた。明るくて元気のいい感じのメロディだ。

映っているのは飲食店らしきところで、三毛猫が床に座っている。その近くに土鍋が置いてあった。

猫動画だろうか？

司がそんなふうに思ったとき、結菜ちゃんが声をあげた。

「あ、しっぽだ」

「この猫がそうなんだ」

「うん。それで、ここが『しっぽ食堂』。土鍋とか茶碗とか器が、たくさん飾ってあるでしょ？　いくつかは、お兄ちゃんが焼いたやつなの。お店で買ってきたり、師匠からもらったのも多いけど」

教えてくれたのは、三毛猫や土鍋のことだけではなかった。動画のサムネイルの女性のことも教えてくれた。

「紬さん、うちでアルバイトしてくれてるの。この前、お兄ちゃんと一緒にお見舞いに来てくれたんだよ。すっごく可愛かった」

結菜ちゃんが秘密を打ち明けるように言った。よほど嬉しかったらしく、にこにこと笑っている。司は会ったこともない紬さんに感謝した。

そうしているあいだにも、動画の再生は続く。やがてイントロが終わり、サムネイルの女の人が——紬さんが大きく画面に映し出された。

顔立ちは整っているけれど、おとなしそうで、どことなく地味な感じがした。言ってしまえば、どこにでもいそうなタイプで芸能人には見えなかった。作務衣を着ているからかもしれないが。

紬さんは掃除をしているらしく床にモップをかけながら、弾けるような笑顔で歌い始めた。

今日も明日も明後日も
土鍋、土鍋、土鍋、土鍋
みんな大好き、食べると元気いっぱい
野菜もお肉も魚も美味しい
あなたの作る土鍋ごはん

その瞬間、紬さんの印象が一変した。地味なんて、とんでもなかった。どこにでもいそうだなんて嘘だ。司は間違っていた。

眩しいくらいに輝いていて、花が咲いたみたいに綺麗だった。歌声は底抜けに明るくて、聴いているだけで勇気が出てくる。身体が弾んでくる。気持ちが前向きになってくる。

画面の端のほうでは、三毛猫のしっぽがリズムに合わせてしっぽを振っていた。この動きは偶然ではないだろう。身体が弾んでいた。

「しっぽ、楽しそう！」

結菜ちゃんの声も弾んでいる。ＹｏｕＴｕｂｅの音楽に合わせて、「土鍋、土鍋、土鍋、土鍋」と口ずさむように歌ってみせた。

一番の歌詞が終わって、間奏に入った。紬さんが楽しそうに踊っている。その様子を見ていると、ふいにカメラが引いて食堂全体を映し出した。

「あ、お兄ちゃんだ」

結菜ちゃんが言った。陸さんがキッチンらしき場所から顔を出していた。カメラが近づき、陸さんの表情を捉えた。

「……そういうことか」

思わず呟いた。鈍い司にも、陸さんの気持ちがわかった。紬さんを見る陸さんの表情でわかる。彼女のことが好きなんだ、と――。

そのことは、結菜ちゃんにもわかったようだ。スマホを見ながら、花音みたいなことを言った。

「うん。推せる」

エピローグ

明日の歌

Epilogue

49万回。

紬のYouTubeの再生回数だ。もっと言うと、49万3千回を超えている。しかも増え続けていた。

今までに投稿した全動画の合計再生回数だけど、紬にしてみれば信じられないほどバズっている。時間をかけて細かくチェックしてしまったほどだ。アルバイト先のしっぽ食堂でも、休憩時間に見てしまう。

過去に投稿したほとんどの動画が、再生回数1万回を超えていた。49回しか再生されなかった動画があったことが嘘のようだ。そこだけ切り取って言うなら、一万倍になった。

「……嘘でもいいか」

そんな気分にもなってくる。短期間で、ここまで再生回数が伸びるなんて信じられない。

テレビに出る仕事がなくなってから——しっぽ食堂で働き始めてから三週間も経っていなかった。まだ十二月で、明日はクリスマスイブである。

急に人気が出たのは、たまたまでもなければ、くるりさんが仕掛けてくれたわけでもなかった。

仕掛け人はいたけれど、芸能関係者でも、ましてや紬の友人でもない。一人の高校生のおかげだった。

「最近の若い子はすごい……」

紬は呟く。おばさんみたいな台詞を言ってしまったが、本音だった。高校生のやることを見ていると年齢を感じてしまう。

いや年齢の問題じゃない。

あの子——結菜ちゃんの友達がすごいのだ。ＹｏｕＴｕｂｅの再生回数が増えたのは、胡桃沢花音ちゃんのおかげだった。

◯

ある晴れた土曜日の朝、紬がいつものように『土鍋のうた』を歌いながらお店の掃除をしていると、花音ちゃんがふらりとやって来た。結菜ちゃんの幼馴染みということもあって、ときどき顔を出していて、中堂さんとも知り合いみたいだ。

「こんにちは」

「お、いらっしゃい」

気軽な感じで挨拶を交わしている。見かけも大人びているが、中身もしっかりしている。

ちなみに、紬が花音ちゃんを知っているのは、中堂さんから写真を見せてもらったからだ。結菜ちゃんと一緒に写っている写真が何枚もあった。保育園、小学校、中学校と時代が変わっても二人で写っていた。

中堂さんは「いらっしゃい」と客を出迎えるように言ったが、花音ちゃんは食事をしに来たという様子ではなかった。席に座ろうとさえしない。

「今日はどうしたんだ？　急用？」

「まあ、そんな感じで」

曖昧に返事をしながら、しっぽ食堂の中を見回している。忘れ物をさがしているようにも見えるが、何をしているのかはわからない。本人が答えたように、急用があるようには見えなかった。

しっぽを見に来たのだろうかとも思ったが、床に寝そべっている三毛猫と目が合っても軽く挨拶するだけだった。

「やあ」

「みゃあ」

猫同士の挨拶みたいである。そう思って見ると、花音ちゃんは猫顔だ。人に懐かない気高い猫のように見える。常にクールで、感情を荒らげることも、大声も出すこともなさそうだ。

しかし、それは紬の思い込みだったようだ。突然、花音ちゃんが何かを見つけた顔でこっちを見た。そして叫んだ。

「いた！　いた！　いた！　悠木紬さん！　いたっ!!」

ハイテンションだった。しっぽが驚いて、逃げるような姿勢さえ取った。背中の毛が逆立っている。

「あ、ごめん」

花音ちゃんは三毛猫に謝り、もとのクールな表情に戻って、紬に問いかけてきたのであった。

「そうですよね？」

紬を知っているようだ。歌うま芸人として出ていたカラオケ番組を見てくれたのだろうか？

……違う気がする。紬がここにいることを知っていて、食堂にやって来たような感じを受けた。熱烈なファンやストーカーに悩まされる芸能人もいると言うが、紬は女子高校生に追いかけられるキャラではない。まあ、誰にも追いかけられたことはないのだが。

とにかく、結菜ちゃんの幼馴染みなのだから、警戒する必要はないはずだ。返事をして自己紹介をすることにした。

「はい。悠木紬です」

　すると、ふたたび女子高校生のテンションが上がった。飛び跳ねんばかりに喜び、弾んだ声で言葉を返してきた。

「初めまして！　胡桃沢花音です！　『花音』って呼んでください！　わたしも『紬さん』って呼びますから！」

　ぐいぐい来た。強い圧を感じた。握手やサインを求めてこなかったので、やっぱりファンではないようだ。でも紬に会って喜んでいる。もしかして、自分と友達になりたいのだろうか？

「みゃん」

　しっぽがタイミングよく鳴いた。何を言ったのか紬にはわからなかったが、花音ちゃんにはわかったらしい。テンションがもとに戻った。

「そうね。話を進めなきゃね」

　三毛猫を見ながら頷き、そんな台詞を呟いた。不思議な少女である。それから、紬に視線を戻して問いかけてきた。

「さっき歌ってたの、紬さんですよね」

　お店の外まで歌声が聞こえていたようだ。以前にも似たようなことがあったが、面と向かって聞かれると恥ずかしい。

「まあ……。そ、そうかな」

紬が口ごもりながら認めると、ふたたび花音ちゃんのテンションが上がった。

「いい歌ですね！　最高じゃないですか！」

すごく、いい子であった。見かけはクールだけど、心の温かい子みたいだ。ただ、やっぱり変わっているし、ぐいぐい来る。

「また歌いますか？　すぐに歌いますか？」

畳みかけるように質問してきた。顔立ちが整っている上に、表情があまり変わらないので、けっこう怖い。

「ええと……」

また歌うだろうけど、すぐにではない。少なくとも、食堂に客がいるあいだは歌わない。

紬がそう返事しようとしたときであった。それまで黙って話を聞いていた中堂さんが、横から口を挟んだ。

「歌う。歌う。掃除をしているときは、ずっと歌ってるからな。掃除をしてないときでも歌ってる」

「みゃん」

しっぽが同意するように鳴いた。タイミングよく鳴いただけだろうが、この猫は侮れない。人間の言葉がわかっているとしか思えないことが多々あった。

また、中堂さんの発言は嘘ではないので否定できなかった。鼻歌も含めれば、ほとんどの時間を歌ってすごしているような気がする。

「聴きたいんなら、頼んでみるといい」

中堂さんが嗾けるように言うと、花音ちゃんが扇動に乗った。紬に顔を近づけて、要望を口にした。

「歌ってください！　さっきの歌、すごく聴きたいです！」

またしても、ぐいぐい来た。勢いに負けて頷くと、花音ちゃんが続けざまに問いを発した。

「紬さんが歌っているところを動画に撮ってもいいですか？」

仮にも芸能人なので、スマホを向けられた経験はなくはない。無許可で撮られるのは嫌だが、こうして事前に言ってもらえると嬉しい。ましてや相手は女子高校生で、中堂さんの妹の友達だ。断る理由はなかった。

「もちろん！」

花音ちゃんに負けないように元気に答えた。こう見えても、打ち切りになったカラオケ番組で「元気印の歌うま芸人」と呼ばれていたくらいである。元気さには自信があった。

声を出すとテンションが上がってきた。もともと人前で歌うのは好きだし、実は『土鍋のうた』の作曲をしてあった。今まで適当なメロディで歌っていたものを音符に落とした。

自宅のパソコンで作ったものだが、けっこう自信作である。スマホでも聴けるようにしてある。それを披露するときが訪れたようだ。

「おれは歌の邪魔にならないように、キッチンに引っ込んでる」

中堂さんが気を遣って移動してくれた。やっぱり、いい人だ。完全に引っ込むのではなく、そこから見るつもりのようだ。キッチンから顔を出すようにして、こっちを見ている。

「じゃあ始めます！」

紬はスマホを起動し、自分で作った音楽を流し、全力で踊って歌った。

今日も明日も明後日も
土鍋、土鍋、土鍋、土鍋……

自分で言うのもどうかと思うが、最高の出来だった。歌だけでなくダンスも上手くできた。しっぽも気に入ってくれたらしく、いつもより、しっぽをたくさん動かしていた。

音楽が終わると、花音ちゃんと中堂さんが拍手してくれた。

「すごい！　紬さん、素敵です！　可愛いし、歌うまだし、もう最高です！　いい動画が撮れました！」

褒め上手であった。凄腕のカメラマンみたいな台詞だ。紬が何か言うより早く、花音ちゃんが提案してきた。

「これ、紬さんのＹｏｕＴｕｂｅにアップしません？」

「え？　いいけど……」

断る理由はなかった。投稿する前に軽く確認したが、花音ちゃんのスマホは高性能なやつで、紬が自分で撮ったものより綺麗に録画されていた。その動画をそのままもらった。

「じゃあアップロードするね」

そう断ってから投稿した。すぐに反映される。花音ちゃんは確認するように見てから、目を輝かせて言った。

「推せる!!」

力強い声だった。そして帰っていった。急用ができたみたいに、さっさと帰っていった。

中堂さんとは挨拶を交わしただけで、中身のあることはしゃべっていない。学校の連絡をした様子もなかった。

しっぽ食堂に何しに来たんだろう？

オせるとは何だ？

このときは、何がなんだかわからなかった。紬には、さっぱりわからなかった。

不思議な少女だと思っただけだった。

○

動画が一つ増えたくらいでは、何も変わらない。再生回数だって、きっと、たいしたことはない。

心のどこかで、そう思っていた。自分でも気づかないうちに、諦める癖がついていた。『土鍋のうた』も作曲までしておいて、花音ちゃんに言われるまでＹｏｕＴｕｂｅにアップしてなかった。

この曲だけではない。しっぽ食堂でアルバイトを始めてから、ＹｏｕＴｕｂｅを放置していた。

再生回数が少なすぎて、新しい動画をアップするのが怖くなっていたのだ。自分はＳＮＳに向いていないと言い訳し、そこから逃げだそうとしていたのかもしれない。歌う場所は、ここしかないのに。

そんな紬のＹｏｕＴｕｂｅに異変が起こったのは、花音ちゃんがやって来た二日後のことだった。朝起きてＹｏｕＴｕｂｅを見ると、『土鍋のうた』の再生回数が急激に増えていた。50回にも満たなかった再生回数が、わずか一日で1万回を超えたのだ。

「何、これ……」

喜ぶより怖くなった。動画の中で言ってはいけないことを言ってしまい、炎上したかと思ったのだ。パクりの疑いをかけられた可能性も考えた。一部の歌詞やメロディラインが似るのは、よくある話だ。

だが、炎上ではなかった。パクりだと叩かれているわけでもないようだ。そう思ったのは、こんなコメントがあったおかげだ。


ＴｉｋＴｏｋから来ました。


「え？」

紬は首をひねった。もちろんＴｉｋＴｏｋは知っているが、ちゃんと見たことはなく、知り合いがやっているという話も聞いたことがなかったからだ。くるりさんもやっていない。

「……どういうこと？」

コメントと一緒にＴｉｋＴｏｋのアドレスが貼られていた。何が起こっているのか怖かったけれど、見ないわけにもいかない。

「晒されたのかな……」

ＴｉｋＴｏｋｅｒにバカにされたのかと思ったのだ。今までそんな目に遭ったことはなかったが、ありそうなことだ。歌うま芸人としてテレビに出ていたので自業自得の面はあるけど、紬はからかわれやすいキャラだ。

「嫌だなあ」

ため息をつきながらアドレスに触れた。スマホの画面が変わり、ＴｉｋＴｏｋに飛んだ。

そこにいたのは、花音ちゃんだった。モップを持ってポーズを決めている。クールな顔立ちで、背が高くてスタイルもいいせいか、ミュージカル映画か舞台の一場面みたいに見える。とても決まっている。

これから何が始まるのかは、動画に付けられているハッシュタグでわかった。紬はそれを読み上げる。

「踊ってみた」

今さら説明する必要がないくらい有名だけれど、「踊ってみた」とは好きな曲に合わせて踊る動画のことだ。自分で考えたオリジナルの振り付けや、既存の振り付けで踊って投稿する。ＴｉｋＴｏｋでもＹｏｕＴｕｂｅでも人気があった。

花音ちゃんは、「＃踊ってみた」ばかり投稿していた。アニメソングがたくさんあった。インフルエンサーというほどではないが、けっこう人気がある。それほど頻繁に投稿しているわけではないのに、５万人近いフォロワーがいた。

「すごい……」

ＹｏｕＴｕｂｅの登録者数2桁の紬から見ると、雲の上の存在である。拝んでおこうかと思ったとき、花音ちゃんの最新の投稿の中身に気づいた。

「ええっ!?」

目を剝きそうになった。

＃土鍋のうた

そう書いてあったのであった。ＹｏｕＴｕｂｅのコメントに加えて、花音ちゃんがモップを持っていた時点で気づくべきだったろうが、フォロワー数に目を奪われていた。

「本当に踊るの……？　誰も知らない歌だよ？」

スマホに質問しながら、ＴｉｋＴｏｋを再生した。すると、紬の歌に合わせて花音ちゃんがモップを持って踊り始めた。ダンスだけではなく、「土鍋、土鍋、土鍋、土鍋」と歌っている。

花音ちゃんは、クール系の美少女だ。しかもバレエでもやっていたのだろうか。プロ並みのダンスを披露している。動作に隙がなさすぎて、人形かロボットが歌って踊っているようにも見える。

でも、愛嬌がないのが愛嬌になっていた。無表情なところが、何とも言えず可愛らしい。

「……これは人気出るわ」

動画を見終えたあと、負けた気持ちで呟いた。くるりさんが見たら、花音ちゃんを絶対スカウトに行くだろう。紬とはレベルが違う。

しかし、世の中はわからない。人気が出たのは紬のほうだった。『土鍋のうた』が小さなブームになったのだった。残念ながら、紬が花音ちゃんに勝ったわけではなかった。


猫ちゃん、可愛い！

癒やされますにゃん！

にゃんこのダンス、ずっと見ていられます！


つまり、しっぽの勝利であった。歌に合わせて、しっぽを動かすしっぽが猫好きさんたちを虜にした。

猫好きさんたちの影響力は強い。猫動画も強い。ＳＮＳで拡散され、その結果、他の動画の再生回数まで増えた。ネットニュースのローカルネタでも取り上げられた。メインはしっぽだが、紬のこともちゃんと紹介してくれた。しっぽ食堂でそのことを言うと、中堂さんは喜んでくれた。

「よかったな。忙しくなるんじゃないか」

そんなに簡単に仕事がもらえるとは思わないけれど、きっかけにはなる。希望を持てる。くるりさんが、ラジオや地方局に売り込むと張り切っていた。

花音ちゃんにもお礼を言った。ＬＩＮＥを交換していたので、ＴｉｋＴｏｋの動画を見てすぐにメッセージを送った。すると秒で返事があった。


推しカプのためですから。


意味がわからなかった。ネットスラングのような気がするが、紬は詳しくない。アルバイトの時間になったので食堂に行き、中堂さんに聞いてみた。

「さあな」

知らなかったようだ。でも、なぜか、そっぽを向いている。気のせいか照れているみたいだ。なぜ照れる？　どこに照れる要素がある？

不思議に思いながら、開店前の準備にとりかかった。やがて中堂さんが時計を見て言った。

「そろそろ店を開ける時間だ」

「みゃ」

しっぽが返事をするように鳴き、長いしっぽを動かし始めた。動画がバズってから、彼目当てに食堂を訪れる客が増えた。

そうでなくとも、しっぽ食堂のファンは多い。売れない歌手も、身内の病気で悩んでいる人も、孤独で寂しい人も、同級生に片思いしている男の子も、みんな笑顔にしてくれる。中堂さんの料理としっぽは、最強の組み合わせだ。

それに加えて、病気に打ち勝つ料理として、一部で有名になっているらしい。月島努さんのおかげだ。完全に治ったわけではないが、とりあえず手術が成功し、いったん退院していた。短時間だけながら復職し、勤務先の市役所でしっぽ食堂を宣伝してくれているという。

退院した日、わざわざ夫婦で挨拶に来てくれた。まだ食事制限はあるようだが、中堂さんと約束して帰っていった。

「医師の許可が出たら、みのりと一緒に食べにきます。そして子どもが生まれたら、三人で食べにきます」

そして、結菜ちゃんの手術の日も迫っている。中堂さんや司くんは落ち着かない様子だが、紬は手術の成功を信じていた。絶対に元気になると信じていた。

だって、自分にはそれくらいしかできないのだから。信じることと歌うことくらいしかできないのだから。

誰かに頼まれたわけでもないのに、新しい歌を作った。これから毎日、結菜ちゃんのために歌うつもりだ。

世の中、上手くいかないことも多いけど
　最後には上手くいくと信じていたい
努力は必ず報われて
　誰もが笑って暮らせる時間がやって来ると信じたい
夢みたいなことを言ってると思うかもしれないけど
　夢は見ないと叶わない

誰かに届かなくてもいい
わたしは、わたしは
　明日の歌を、幸せな歌を
　　押し売りみたいに歌い続ける
　　　ずっと、ずっと、ずっと歌い続ける

　この店に来てからのことを思い出しながら、頭の中で歌っていると、足音が聞こえてきた。しっぽ食堂に近づいてくる。足音は一つで、元気がなかった。しょんぼりしているように思えた。

　やがて入り口の戸が開いた。紬は全力で出迎える。しっぽ食堂を訪れた人が少しでも前向きな気持ちになれるように、笑顔になれるように、元気になれるように、心を込めて声をかけた。

「いらっしゃいませ！　しっぽ食堂へようこそ！」

〈了〉

第三話に登場する料理については、土楽の公式ホームページおよび『土鍋で手軽に作る朝ごはんレシピ《土楽窯／どらくがま》福森道歩さんが教える土鍋の魅力』（Discover Japan 2023.4.14）を参考にいたしました。

本書は書き下ろしです。

しっぽ食堂の土鍋ごはん
明日の歌とふるさとポタージュ

高橋由太

2024年10月 5 日　第1刷発行
2024年10月23日　第2刷

発行者　加藤裕樹
発行所　株式会社ポプラ社
〒141-8210　東京都品川区西五反田3-5-8
JR目黒MARCビル12階
ホームページ　www.poplar.co.jp
フォーマットデザイン　bookwall
組版・校正　株式会社鷗来堂
印刷・製本　中央精版印刷株式会社

N.D.C.913/247p/15cm　ISBN978-4-591-18345-8

P8101500